優しい獣と運命の花嫁

yasashii kemono to unmeino hanayome

「やはり私はおまえを返したくない。どうしても諦めることができない。このまま残ってはくれないか。そして、私の花嫁になってはくれないか？」

「……はいっ」

　紫苑が頷くのを見て、ジェラルドは衝動的に紫苑の唇を奪った。

優《やさ》しい獣《けもの》と運《うん》命《めい》の花《はな》嫁《よめ》

森《もり》崎《さき》結《ゆ》月《づき》
ILLUSTRATION：篁《たかむら》ふみ

優しい獣と運命の花嫁

LYNX ROMANCE

CONTENTS

優しい獣と
運命の花嫁

□1

木々のざわめきとも違う。人の話し声とも違う。

無機質なノイズが、じりじりと脳内に電流を走らせる。

視界に映る景色は、膜の張った濁水色に染まっていた。

やがて頭の中が重苦しくなり、少しずつ呼吸がしづらくなる。

(……また、か)

浅くなりそうになった呼吸を整えるべく、真壁紫苑《まかべしおん》はゆっくりと腹式呼吸を意識する。煩わしいこの症状はすぐには治まらないと彼はよく知っていた。

彼は物心ついたときからこの『特異体質』に悩んできた。それは、共感覚《きょうかんかく》やシナスタジアといわれる知覚現象である。

たとえば、文字に色がついて見えたり、音に温度を感じたり、形に味を感じたりする、という症状が出る。

紫苑の場合は、人の醸し出す空気から、起こりうる危険を察知し、人が考えていることを読めたかのように、他人の感情を『色』として読みとれた。

芸能人らしい『オーラ』がある、などと、人が無意識に放っている見えない輝きをオーラとたとえられることがあるが、その『オーラ』というものが、紫苑の感覚でははっきりと物理的に『色』として見える状況であった。

中学の頃、周りの人間の心のざわめきに悩まされていた紫苑は、その症状を親に相談したが、最初は神経質になっているだけだと信じてもらえなかった。高校受験を控えた時期になると症状はますますひどくなり、今度は親の方から心療内科に連れていこうかと提案されたが、紫苑はそれを拒否した。親ですら理解できないのに、他人が理解できるとは思えない、と彼は思ったのだ。

たとえ専門家に診てもらったとしても、せいぜい精神疾患と診断され、投薬を勧められるだけだろう。そればかりか、人体実験の対象にされるかもしれない、という恐怖すら覚えた。

――もういい。

誰にわかってもらおうとも思わない。

やがて紫苑はこの件で親には心配をかけないよう取り繕うようになり、他人とは極力、距離を置くようになった。

こういう状況だったから、紫苑には今まで恋人はおろか親友と呼べる友人もいたことはない。相手の感情が明け透けに見える状況では、どうしても罪悪感の方が先立ってしまうし、ときには意図せずに見えてしまった誰かの醜悪な部分に勝手に幻滅することもあった。

こんな自分ではきっとこの先、誰かを愛せない。誰からも愛されない。特殊な体質を授けられた分、何かが犠牲になるのは当然の理《ことわり》かもしれない。寂しかったが、紫苑は自分にそう言い聞かせてきた。

そうして高校を卒業する頃には、悲観はとうに超え、諦めの境地に至っていた。

とはいえ、仕方なく無理やり受け止めているだけであって、慣れたわけでもなければ、不快感が拭えるわけでもない。一刻も早く、発作のように現れるオーラから離れられる場所に避難するに限る。

それでも、どうしても、抗《あらが》えないこともある。

大学一年になった今日も、講義を受けているときから、ちらちらと不穏な色が見えていた。

淀《よど》んだ黒い感情のオーラが近づいてくる。灰色がかった色と紫に近い色が水と油のように激しく弾けるような。

つまり、人と人が激しく言い争うようないやな予感がしたのだ。

その予感は見事に命中することとなった。

「おい。おまえ、ちょっと面貸せや」

一人の学生が講堂に乗り込んできた。硬派なタイプの男だ。今にも摑《つか》みかかりそうな勢いで入ってきた彼の様子に、周りがどよめく。

「なんだよ、急に。落ち着けって」

と、ヘラヘラと笑って周りを気にしているのは、紫苑の隣に座っていた伊川《いがわ》という男だ。別に彼とは友人というわけではない。

伊川はよくいえば人あたりがいい奴《やつ》で、悪くいえば女をとっかえひっかえしているような軟派な性格ゆえ、摑みかかられる原因を自ら進んで作るタイプである。きっと、今回もそういった理由で、争いの種を撒《ま》いたのだろう。

と、別のオーラを感じて、紫苑は視線を移す。見れば、講堂の隅っこで、泣いている女の子がいた。どうやら彼女は硬派な男子学生の恋人のようだが、彼女には見覚えがあった。

(ああ、この間、カフェテリアで伊川とキスしてた女の子か……)

ことの流れに納得がいった。やっぱり……という感想しかない。

「あ？　しらばっくれてんなよ。人の女に手出しやがって」

相手の男は相当キレている。一触即発の状態だ。それだというのに、伊川は一向に誠実さを見せようとしない。

「だーから、言いがかりをつけるのはやめてくれよ。ただ喋《しゃべ》ってただけだって。なあ、おまえも見てたよな？　なんか言ってくれよ、真壁」

と、声をかけられたが、紫苑は顔色ひとつ変えずに席を立った。

明らかに周囲を味方にして応戦しようという企《たくら》みが透けて見える。面倒くさそうな感情の色が漂っている。そんな男の味方をする気にはなれなかった。

（……俺には関係ないし）

一瞬だけ、大学生にもなって、幼稚なことをしてるなよ、とか、口を突いて出そうになった。けれど、それは鬼門だ。自分が口を挟んだところでいい方向に向かうとは思えない。関わらないのが一番だ。

「あ、おいっ、真壁～ったく、友だち甲斐《がい》のない奴――」

紫苑は振り返りもせず、さっさと講堂から立ち去った。直後、赤々とした血のような色が飛び散った。おそらく相手に殴られたのだろうな、と察した。錆《さ》びついた味が、紫苑の舌にも広がる感じがして、気持ち悪くなった。

一刻も早く、この不快な感覚を洗い流したい。紫苑が思うのはそれだけだった。

構内の中庭を通り抜けると、心地よい風が吹いてきた。ようやく自由な場所へと出られた……一人になってから、紫苑は空を仰ぐ。

（いつまでこんなことが続くんだろうな……）

はぁ……っと重々しいため息がこぼれた。

人から漂うオーラの色が見える……そして、その色に心身が影響される。なんていうことを、誰が信じるだろう。しかし、事実、紫苑には視《み》えて、感じるのだ。そのために、物心ついたときから今日まで、散々苦悩の日々を強いられてきた。

好意を持っている相手との恋愛に失敗したり、友人の秘めた本心を見透かしてしまった罪悪感に悩まされたり、知らない人が発している悪意に触れて恐怖感につきまとわれたり、いいことなどない。なんのために神様はこんな能力を授けたのだろうか。前世で何かとんでもないことをやらかしたとか……と益体《やくたい》もないことを考える。

医師の見解による『思春期が終われば、きっと心の成長に伴い、落ち着くだろう』という期待は外れた。思考や、一般的な感覚は至って常識の範囲内なので、精神病というわけでもない。また、うつ病の薬を処方されることもなく、気のせい、関わらない、見なかったことにする、そういうふうにやり過ごすほかに解決策はなかった。

この先、就職してからもこの特異体質が邪魔をするようになったら……と考えると、どうにもやりきれない気持ちになる。きっと、社会人は学生よりずっとシビアな環境だろう。やっていけるのだろうか。そんな不安が尽きない。

鬱屈《うっくつ》した気分のまま大学を出て、いつものように最寄りの駅へと向かおうとしたが、その足を止めた。このままアパートに帰ったら、ずっと落ち込んでしまいそうだったからだ。

なるべくいい空気に触れたい。何か気分転換がしたい。

そう考えていたところ、ちょうど、噴水のある公園が視界に入った。

紫苑は駅に向かうのをやめ、その公園の中に入っていった。

今の紫苑には『浄化』が必要なのだ。


公園のベンチに腰をおろしてから一時間ほど、紫苑は文庫本のページを貪るようにめくった。紫苑の趣味は読書だ。何も考えずに、今の世界からかけ離れたストーリーに没頭するうちに、だんだんと心が落ち着いてくる。それがいいのだ。

手にとった本の内容は、平凡なサラリーマンが異世界に飛ばされ、そこで自分の知識を生かして富と名声を得る、といった痛快なサクセスストーリーを描いたファンタジー小説だった。

誰かに必要とされ、生きる目標を得られる世界にいるのは、さぞ幸せなことだろう。自分なんて特別な能力を持っていたって役には立たないばかりか、苦痛が常につきまとうのだ。

この小説のようにのし上がりたいという欲望は紫苑にはないけれど、誰かに愛され、誰かに必要とされる人間になりたかった。そんな願望をついつい重ねながら読み耽《ふけ》ってしまう。そのうち、鬱屈した気分はいつの間にか晴れていた。

キリのいいところで栞《しおり》を挟み、文庫本を閉じた。背伸びをして凝りをほぐし、それから空を見上げた。

茜色《あかね》に染まりかけた空に夏雲が見えた。空梅雨《からつゆ》のまま、まもなく大学も夏休みに入る。そうすれば、少しは人との喧騒《けんそう》からも逃れられるだろう。

夏休みは読書漬けになろうか。途中で本屋に寄っていくつか新作を手にとってみようか。

そう思いながら、紫苑はベンチから立ち上がった。

公園から出て十分ほど経過したとき、せっかく気分転換したというのに、またいやな気配を察知し、紫苑は眉をしかめる。

(今日はツイてないな)

今度は一体なんだというのか。とにかく自分に関わりがなければそれでいい。そう思った紫苑は、いつものように気のせいだと自分に言い聞かせ、その場をやり過ごそうとした。

しかし、大学で感じとった濁水色よりもずっと濃く、鈍色《にび》の朱《あか》が点滅し、紫苑に警告を与える。

呼吸は浅くなり、鼓動が速くなる。よくない反応だ。紫苑は過呼吸を起こしそうになり、かぶりを振った。

何か、危険が迫っている。命に関わる危険が。避けなくては、いけない危機が。

紫苑は無意識に視線を忙《せわ》しなく動かした。どこだ、どこからだ。

ハッと息をのみ、キィっという自転車のブレーキ音につられてその方向を見る。すると、十メーターほど先で信号待ちしている人垣の向こうに、トラックが一台走ってくるのが見えた。

車道は赤信号だった。トラックは見落としたのか、それとも居眠りでもしているのか、まったく減速する様子がない。

そうこうしている間にも、歩行者側の信号が青に変わる。紫苑の視界には、トラックと自転車が衝突する色が視え、とっさに紫苑は駆け出した。

だめだ。止めなくては。今、人を渡らせたらとんでもない大事故になる。

間に合ってくれ。間に合うのか、間に合わないかもしれない。

だが、このまま人が轢《ひ》かれるのを無視はできない。

「待って、止まってください！　止まって！」

紫苑は必死に走って声をかけた。人々は足を止めて振り返る。しかし小さな子が歩き出してしまう。

「ダメだ、待って！　向こうに行っちゃダメだ！　止まれ――ッ！」

物理的に届かない。だから声を張り上げる。その間も、突き動かされるように、紫苑は必死に手と足とを動かした。

刹那、激しい頭痛に襲われ、思考が一瞬停止する。急に襲ってきた眩《まばゆ》い光に包まれ目を眇《すが》めると、直後、じわじわと侵食してきた闇に世界が覆われていくのを紫苑は視た。

(なん、だ……っ……これはっ)

こんなのは初めてだった。

混乱する紫苑の足元に、突如、人の手らしきものが伸びてきて、引きずられ、抗う暇さえもなく、吸い込まれていく。瞬間、紫苑は底なしの闇に落下するような、不安定な感覚に見舞われた。

声が出ない。身体が動かない。瞬《まばた》きをしているのか、目が開いているのか、自分の感覚がない。

そして、形容しがたい痛みが、全身を駆け抜ける。

(――ッ……っ)

呼吸がまともにできていない。何も視えない。鼓動の音が聞こえない。身体が、とても熱く、燃えるようだ。それなのに手足が冷たく、凍りつきそうだ。

ああ、これは……もしかして、俺が轢かれたのか？　死んだ――のか？

そのまま紫苑は誘われるように意識を手放した。

□2

目が覚めると、異様な光景が広がっていた。否、目が覚めたといっていいのかすら判別がつかない。なぜなら、現実に遭遇するはずのない場面だったからだ。

見知らぬ黒装束の集団が、紫苑の目の前にひれ伏している。

(なん、だ……これは……)

紫苑は身体を動かそうとして、自由が奪われていることに気づく。見れば、手首と足首が拘束され、板に張り付けにされていた。一体いつから、こんな状態だったのだろうか。長い眠りから覚めたような、頭重感に苛《さいな》まれ、紫苑は小さく呻《うめ》く。

(どう、なってるんだよ)

わけがわからない。事故に巻き込まれ、死んだのではなかったか。しかし痛覚はあるし、呼吸もできるし、心臓だって動いている。特にどこかを怪我《けが》しているというわけでもなさそうだ。

だとしたら、どのくらい気を失っていたのだろうか。その間に、知らない場所に拉致されてきたということなのか。ここはどこなのか。あたりは暗く、洞窟のような場所に見えるが、燭台《しょくだい》の炎が揺らめいているだけで、状況がまったく見えない。

とにかく拘束を解いてもらわないことには、自分でどうすることもできない。

ぶつぶつと黒装束の男たちが何かを唱えているのが聞こえてくるが、その言葉ははっきりとは聞き取れなかった。これから何をしようとしているのか。

「ここから下ろしてくれ！」

黒装束の男たちの不気味な様子に恐怖を覚え、紫苑が声を張り上げると、黒いフードを目深に被《かぶ》った顔の見えない男がこちらに近づいてきた。紫苑はとっさに身構えた。見覚えのない彫りの深い顔立ちだった。日本人ではないらしい。そして、男の手には銀の盃《さかずき》が持たれていた。

「～～～」

男が紫苑の目の前で何かを唱えている。しかしその言葉がわからない。

困惑していると、男はいきなり紫苑の顎を摑み、盃の液体を飲ませようとしてきた。

「いやだ。何を飲ませる気だ！」

銀の盃の透明な液体が妖しく揺れる。わざわざ飲ませようとするのが単純に水のようなものとは思えない。薬みたいな酒のような強い香りが鼻孔をくすぐる。ひょっとしたら、毒物かもしれない。

こんなわけのわからないものを飲まされてたまるか。

紫苑はかぶりを振って拒絶をしようとしたが、顎は男に摑まれたまま、抵抗の甲斐も虚《むな》しく、唇をこじ開けられてしまう。

こぷり……と、口腔《こうこう》内に生温かい液体が流し込まれてきて、紫苑は目を丸くした。

「ん、んっ……！」

喉の奥に溜《た》まる前にとっさに吐き出そうとしたが、男に口元を手で押さえ込まれ、紫苑はそのまま液体を呑《の》み込んでしまった。

「……っか、はっ……やめっ……ろよっ」

紫苑は必死に抵抗する。しかし黒装束の男は満足そうに口元に笑みを浮かべている。それが不気味だ。

何を飲まされたのか。いやな予感しかしない。

自分は一体どうなってしまうのか。もがき苦しんで息絶えるのだろうか。

不安で焦っている間にも、身体が次第に熱くなってきていた。それは、痛みや苦しみといったものではない。気だるさのようなものが広がっていく感覚だ。だんだんと息遣いが荒くなる。動悸《どうき》がしている。さっきからずっと感じている恐怖で興奮しているからなのか、呼吸は浅くなり、胸が苦しくなってくる。

今度こそ、死ぬのかもしれない……。紫苑は覚悟をしつつあった。

けれど、どうしてこんなことになっているのか？　理由がわからないまま死ぬのはどうしても腑《ふ》に落ちない。

そのとき、黒装束の集団が、一瞬にして静かになり、彼らの意識が紫苑から別の方へ向けられる。

彼らの頭領でも現れたのだろうか。皆が同じ方向に揃《そろ》って跪《ひざまず》き、平伏しはじめた。おそろしい相手だったらどうすればいいだろう。

恐怖と絶望に慄《おのの》いていると、一筋の閃光《せんこう》が走った。紫苑は眩《まぶ》しさに目を細め、そこに神々しく雄々しい気配を感じとった。それは、黒装束たちから感じる、禍々《まがまが》しいオーラではない、カリスマ性を思わせるものだった。

「恐怖」ではない、「畏怖」といえばよいだろうか。何者も寄せ付けない圧倒的な権力を持つもの――王といえる存在。やはり黒装束たちの頭なのかもしれない。黒装束の代表と思《おぼ》しき一人が今の状況を説明しているようだ。

紫苑はその間にも必死にもがいた。皆が気をとられているうちに、なんとか逃げ出そうと思った。しかしもがけばもがくほど手首の縄は逆にきつく締まり、足首に食い込んだ鎖で皮膚にじりっとした痛みが走る。たとえ逃げ出したとして、洞窟のような場所だ。どこに行けばいいのかもわからない。

すぐに捕まってもっとひどい仕打ちを受けるかもしれない。

万事休す。その言葉が脳裏をよぎった。

そのとき、圧倒的王者の気配が、こちらに注意を向けたようだ。ゆったりとした足取りでその人物はやってきて、紫苑の前に姿を現した。その姿を見た瞬間、彼は思わず息をのんだ。

金色の獅子《しし》を思わせるような金色の髪、そして澄んだ青の瞳……こんなにも美しく、かつ凛々《りり》しい男性に出会ったことがない。

「────……？　……」

絵画から飛び出てきたような彼を前にし、紫苑は言葉を失った。

彼が何かを話しかけてくる。それでもその言葉は聞き取れない。

(わからない。何を言っているんだ)

「助けて、いやだ、助けて」

紫苑は自分を蝕《むしば》んでいる二つの気配に戸惑った。ひどく昂《たかぶ》って高揚している気分と、恐怖のあまりに叫び出したい気持ちだ。ひょっとしたら、さっきの薬の影響かもしれない。精神的に不安定になっているのか、錯乱しそうだった。なんとかその激しい衝動を振り払おうと必死にもがいていると、金色の髪をした男が鎖を外してくれる。

くったりとした紫苑の身は男の腕の中におさまった。

（助かった、のか？）

しかし身体は熱くなるばかりで、呼吸はどんどん乱れ、もどかしい欲求がこみ上げてくるのを感じていた。

黒装束の男と、目の前の男が何かを言い争っている。相変わらず、言葉が何も理解できない。そればかりか、靄《もや》がかかったようにぼんやりしている。

「はぁ、……ん、はぁ……」

紫苑は自我を失いそうになるのを必死に持ちこたえ、男にしがみつく。そうしたくてしているのではない。支えがなければ、とても耐えきれそうになかったのだ。

「――――……」

男が何かを言っている。刹那、紫苑は頭が真っ白に染まりかけた。

「あ、ああ、……っ」

身体が硬直する。自分以外の手に、自分の中心にあるものを摑まれたからだ。そしてそこは、ありえないくらいに硬く張り詰めていた。紫苑は、恥ずかしさのあまりに顔を真っ赤に染め上げた。

「なんっ……さわらっ……ないで……！」

反応してしまう紫苑を、男はじっと観察している。

（いやだ、怖い……見ないでっ）

なんの実験のつもりなのか。どうしてこんなことになっているのか意味がわからない。紫苑は為《な》す術《すべ》もなく、男の腕に抱かれたまま、しがみつくことしかできない。自分の真ん中で張り詰めた屹立《きつりつ》は、男の手にしっかりと握られてしまっていた。

「やめっ……やだっ……！」

蜜を滴らせ、昂り続ける肉棒に、男の節くれ立った指がねっとりと這《は》わされ、さっきよりもさらに甘い戦慄が背筋に走った。

「あ、ああっ……やっ……やめっ……それ以上、触らないで……！」

耳元で男が囁《ささや》きかけてくる。その声色は、媚薬《びやく》のように甘い。

「——？」

「わから、ないよ。やめて、て……はぁ、……やだっ」

これは何かの儀式なのか？　実験ではなく、誘惑されている？　今にも吐精しそうな衝動をごまかすために必死で回答を導き出そうとするが、思考はあっけなく蕩《とろ》けさせられてしまう。

男は再び囁きかけてきた。澄んだ青い瞳に見つめられ、紫苑は泣きたくなってくる。ほんとうに何を言っているのかまったくわからない。どこの国の言葉なのかも判別すらまともにできない。

ただ、耳朶《じだ》に触れる吐息が熱い。混乱と恐怖に支配されているというのに、下半身はずきずきと甘く疼《うず》き、そこは自分でも見たことがないくらい膨れ上がってしまっている。男の手の中で、したい放

題に弄《もてあそ》ばれ、紫苑は半泣きになりながら、かぶりを振った。

「もう、やめて……いじらないでっ」

自慰行為くらいはしたことがある。それ以上されれば、どうなることかくらいは頭にあった。しかし男の手は休まずに、昂り続ける紫苑を慰める。

「あ、ああ、っ……」

首筋を食《は》まれ、ぞくりと甘美な震えが走った。まるでスイッチが入ったように、身体が熱くなっていく。吐精したい衝動を我慢していた紫苑だったが、一分一秒でも早く吐き出して、楽になりたいと思いはじめていた。

さっき飲まされた液体は、毒薬ではなく、媚薬の類だったのかもしれない。そうでなければ、こんなに淫乱な思考に溺れ狂った自分は知らない。知るはずもない。

「やめっ……いや、だめっ……もうっ、出るっ！　出るっ、うあっああっ――っ」

どくっと脈が太く打ち、ついに熱い体液が迸った。だが男の手はすべてを吐き出すまで、さするような動きを止めない。

「んんっ……あぅっ……やめっ……ああっ」

愉悦はさらに高まり、紫苑をめくるめく官能の世界へと誘《いざな》う。

「あ、ああっ――あああっ……またっ……っ……出るっ……！」

蕩けた脳では、もう何も考えられなかった。何度も、何度も、絶頂を迎え、その繰り返しに、混沌《こんとん》としていく。自分が自分ではないような感覚がする。唯一感じとれるものは、周りにある歓喜の色だ。まるで崇《あが》め立てるような空気が漂っている。

やはり、これは何らかの儀式なのだろうか。ああ、なんという屈辱だろう。自分は、人前で犯されたのだ。それだというのに、自分自身が快楽から抜け出せない。

もっといじって、舐《ねぶ》って、ひどいことをして……そんなふうに脳は、渇望しているのだ。

幾度となく上り詰めたあとは、燃え滓《かす》のように、ぐったりと沈んでいくだけだった。

快楽に流された自分はなんて情けない男だろうか。ようやく正気に戻ったとき、悔しさでぐっと手に力がこもる。しかし激しい衝動を何度も浴びた身体には、身を起こすほどの力はもう残っていなかった。

＊＊＊

暗闇に緋《ひ》色の光が入り込んでくる。それをまぶたの裏で感じながら、紫苑はしばし微睡《まどろ》んだあと、ゆっくりと目を開けてみた。

ハッとして、起き上がろうとするものの、身体は鉛のように重たくてすぐには動かない。仕方なしに、視線だけで状況を確認する。どこかの広い部屋の天蓋付きのベッドに寝かせられていた。まぶたの裏に感じていた、夕陽かと思った光は、壁際に灯《とも》されている蠟燭《ろうそく》だった。

紫苑は落胆する。目に映るのが自分の部屋だったらどんなにかよかっただろう。

（夢……じゃないのか）

いやな汗が額に浮かんでいる。悪夢を見たあとのように、動悸がしていた。力がうまく入らない。喉はからからだ。

しばし呆然《ぼうぜん》としていたが、人の気配を感じとり、紫苑はとっさに起き上がろうとした。だが、重力に引っ張られ、押し戻される。

「っ……」

足首が拘束され、ベッドに繋《つな》がれていたのだ。

黒装束たちのことが頭に浮かんできて、紫苑の表情が強張《こわば》る。

まだ、妙な儀式が続いていたら……そう思うと、気が気ではない。

紫苑が不安に駆られている間にも、門番をしていた従者らしき男二人が部屋のドアを開ける。金色の髪をした、麗しい男の姿が見えてきた。彼はこちらにやってこようとする。

紫苑はぎくりとした。自分を犯そうとした男だ。何をされるかわかったものではない。

「来るな！」

紫苑はそれしか言えなかった。身体には力が入らない。せめて自由になっていた両手で膝を丸めて、その場でうずくまっているほかなかった。

男は側《そば》にやってきて、身構えている紫苑を見てため息をつき、首を横に振る。そして、何を思ったのか、拘束具を解いた。

紫苑は戸惑いながら、男の様子を窺《うかが》った。

（なんだ。何もする気はない……と言いたいのか？）

身構えていると、申し訳なさそうに彼は紫苑の足首に触れた。

いやな空気は感じない。言葉は通じないが、案じてくれているのがわかる。

こんなふうに拘束するつもりはなく、彼にとって不本意だったようである。

まるで紫苑の方が悪者の気がして、いたたまれない気持ちになってしまう。

男は何かを告げると、再び従者を引き連れ、部屋を出て行った。

「なん、なんだよ……言葉がまったくわからない。どうなってるんだ」

せめて、言葉が理解できれば。囚《とら》われたのか、それとも保護されたのか。男の様子を見るに、保護してくれたような雰囲気はある。ならば、黒装束たちに囲まれていたとき、あの場はああするしか手立てがなかったということだろうか。

いずれにしても、知らない場所に連れてこられた紫苑には、どうすることもできない。

そういえば、自分の荷物はどうなったのか。見渡してみても何もなかった。

「どう……したら……いいんだよ」

途方に暮れていると、ノックの音がして、紫苑は再び身構える。さして武器にもならないだろうが、何もせずにはいられなくて側にあった枕を思わず摑んだ。

部屋に入ってきたのは、さっきの門番の男たちよりも年若い従者らしかった。彼はにこやかに紫苑の方に微笑《ほほえ》みかけ、どこかへ案内しようというのか、どうぞとドアの外側を手で示している。

「どこに連れていく気なんだ」

紫苑は思わず首を横に振った。またひどい目に遭うのではないかという不安が先走ったのだ。

頑《かたく》なに拒絶する紫苑を見て、年若い従者は呆《あき》れた顔をすると、ベッドのところにやってきて強引に手を引っ張ってきた。痺《しび》れを切らしたのか、三角の目をして、もの言いたげに催促してくる。

「え、ちょ、おい」

自分よりもずっと年下に見えるのにものすごい力だ。半ば引きずられるように紫苑はそのまま部屋の外へと連れ出される。

まるでそこは神殿のようだった。大きな白い円柱がいくつも並んでいて、幾何学模様の大理石が、天井から吊《つ》るされているシャンデリアや、壁の燭台に反射している。つるつるとした床を、紫苑は裸足《はだし》のまま歩いている。着ている服は汚れていて、壁にかけられた鏡に映る姿は、まるで奴隷のようだ。

案内されたのは湯殿だった。その壮大な施設を見て、紫苑は感嘆のため息をつく。まるで古代ローマ時代の大衆浴場である。しかし誰かが入浴しているわけではない。透明の湯には白と紫の花びらが浮かべられ、静寂な空間に、ただ白い湯気だけがゆったりと立ちのぼっていた。

現代のような窓はなく、吹き抜けになった柱の向こうには、ありえない大きさの満月が輝いて見えた。

呆然としていると、年若い従者がまた異国の言葉で何かを言い、催促するように紫苑の手を引いた。

「汚いから、風呂に入れ……ってことか」

紫苑が湯船を見ながら呟《つぶや》くと、年若い従者はにっこりと笑顔を見せた。

たしかに衣服は汚れているし、身体は気持ち悪い。汗と体液にまみれ、見知らぬ男の手の感触がまだ残っている。怪我はしていないと思っていたが、よく見れば、ところどころ打ち身や擦り傷もあった。

なぜ、自分はこんなところにいるのだろう。記憶を遡ったところには、大学から公園に向かう途中、事故に巻き込まれる場面が見える。しかしその後の記憶がない。気づいたら、洞窟の中で、黒装束の集団に囲まれていた。

あの金色の髪をした美丈夫は何者なのだろうか。黒装束の頭領か、と思ったが、そういった雰囲気ではないようだ。彼には王たる高貴な空気が感じられるのだ。どこかの国の貴族か、王族か……だとして、あんなことをする理由がわからない。

（あんな、こと……っ）

紫苑は自分がされたことを思い出し、かっと顔を赤くする。恐怖と羞恥にまみれた淫らな官能の時間を、一刻も早く忘れてしまいたい。あんなのは自分ではない。

（俺は……ひょっとして知らない国に拉致された……のか？）

途中からまったく記憶はないが、夢のようにふんわりとした感覚ではなく、きちんと五感が働いている状況からして、そう考えるのが自然だった。

異国は異国として、ここはどこの国なのだろうか。

あの美形の男も、ここにいる年若い従者も、色白で金色の髪をしている。彼らの話している言語はまったくわからないが、語調がラテン語やギリシャ語に似ている部分を感じる。ということは、少なくとも欧州のどこかではないか、と紫苑は思っていた。

悶々《もんもん》と考えていても仕方ないので、試しに、紫苑は話しかけてみることにした。

「えっと……〜〜？」

英語はもちろんのこと、フランス語、スペイン語、イタリア語、ドイツ語、国際的に使われている言語は、どの言葉も通じなかった。

年若い従者は首を傾《かし》げるばかり。

他に、ラテン語やギリシャ語は文字を見たことはあるが、喋るとなると話は別だ。

「だめか。スマホ、翻訳機があれば……」

さっきも見当たらなかったけれど、荷物はどうなったのだろうか。

この身一つで異国の地に……と考えると、絶望しかない。大使館はどこにあるのだろう。せめて言葉が通じる相手がいなければ、どうにもならないじゃないか。

こんなときこそ自分の特異体質が役に立てばいいのに、と紫苑は嘆く。共感覚を得ても、こちらが一方的に感じるだけで、相手に何かを伝える手段にはならない。

（……ほんと笑える。使えない能力にもほどがあるだろ）

ますます自分が惨めに思えて、紫苑は途方に暮れた。

そうして打ちひしがれている間にも、年若い従者は世話をしてくれていたのだが、紫苑はというと、考え込みすぎたせいか、頭がぼうっとしてきていた。

喉が渇いたまま入浴したせいで、もしかしたら、のぼせたのかもしれない。

このまま入浴しているのはまずい、と思い立った頃には、まったく力が入らなくなっていた。

「――……！」

従者の声がやけに遠くに聞こえた。

＊＊＊

「――陛下、あの者をどうするおつもりですか」

リシュタルク帝国の宰相、セザール・クライバーが淡々と尋ねる相手は、君主であるジェラルド・ヴィンター・ヘルツベルクだ。

ジェラルドは不思議な格好をした青年のことを思い浮かべた。

「……しばらく落ち着くまで、置いておけばよい。私も少々興味を持っている。そうだ。このところ疲れがとれないのだが、愛玩動物には癒やしの効果があるというであろう。ちょうどいいかもしれぬ」

君主の呑気《のんき》な発言に呆れたらしく、セザールが深々とため息をついた。

「御冗談を。あのように凡庸に見えて、間者かもしれませんよ」

疑って当然の状況ではある。しかしジェラルドはなぜか、あの青年を悪しき者とは思えなかった。

「だとするなら、あの場にどのように現れたのだ？　必死に、救いを求めていた」

「芝居でも打ったのでしょう」

「演技のようには見えなかったぞ。それと、神官たちは召喚した、の一点張りだが……」

「あの者たちは、何か縋《すが》るものが欲しいだけでしょう。本気にしてはなりませんよ」

「しかし、あの身なり……あれには意味があるのか？　気になるところだ」

「私の方で調べます。陛下はくれぐれも余計な興味を持たれませんように」

さっきから何かを言えば、セザールに即答されてしまい、

「信頼がないな、まったく」

と、ジェラルドは苦笑する。

だが、セザールは冷めた目をし、わざとらしく口調を強めた。

「陛下をお慕いし、案じているからこその諫言《かんげん》と受け取っていただきたいですね」

彼の皮肉に、ジェラルドは肩を竦《すく》める。

「とにかく、世話をしないわけにはいくまい。神官が召喚した存在を、監獄に入れるわけにもいかないからな」

「仕方ありませんが、しばらく使用人をつけて様子を見ましょう」

「ああ、そうしてくれ」

渋々だったが、セザールはようやく納得したようだった。

そしてジェラルドは自分の腕の中で淫らに咲き乱れていた青年を思い返す。

ああするほかになかったとはいえ、気絶するまで追い詰める気はなかった。いつの間に、夢中にさせられていたのは、自分の方だったかもしれない。

申し訳ないことをした。大丈夫だろうか、と青年のことを慮《おもんぱか》った。

＊＊＊

「……気づいたか？」

意識がゆっくり戻ると、心配そうな二つの青い双眸《そうぼう》に捕らえられ、紫苑はハッとする。

「えっと、俺……」

さっき、湯殿にいたはずでは。記憶の混濁が起きていた。紫苑は自分の置かれている状況を改めて確認する。

身体はしっかりと乾いていて、前開きの白いシャツに麻地のズボンといったふうの簡衣に着替えさせられていた。そしてベッドに寝かせられていたらしい。

それよりも何よりも、今、言葉が聞こえたのは空耳ではない。

「湯あたりしたのだろう。もしや水が合わないということもあるかもしれない」

まただ。男の言葉が、はっきりと聞こえた。さっきのまったく理解できない異国の言葉ではない。日本語だ。親しんだ言語というのはこんなにも心強いものなのか。紫苑の気分はたちまち高揚する。

元の世界……というべきか、自分の日常に戻れていたら、一番よかったのだが、とにかく言葉が通じるようになったのなら、話は早い。

弾かれたように身体を起こそうとして、くらっとめまいがした。

「ああ、すぐに動くのはよくない。しばらく寝ているといい。他に、どこか具合が悪いところはあるか？」

男は心配そうに尋ねてくる。それが尚《なお》のこともどかしい。

「あの、それよりも、俺っ、聞いてほしいことがあるんです」

藁《わら》にも縋る想いで、男に状況を説明しようとするものの、すぐには言葉が出てこない。この非現実的な状況について、何から確かめればいいだろうか。

「まずは、ゆっくり休むといい。あんなことがあったばかりだ」

それを言われると、目を合わせづらい。彼もまたばつの悪そうな顔をしていた。

「……っ」

「すまないが、話はまた明日にでも聞こう。こちらも聞きたいことがある。何かあれば、そこにいる世話係のヨハンを頼るといい」

紫苑はぎこちなく頷《うなず》いた。すると、男は微笑みを残し、部屋から出て行った。

「改めまして。ヨハン・ストファーと申します。なんでもお世話しますので、お申し付けくださいませ。さっそくですが、喉は渇いていませんか？」

ヨハンと呼ばれた年若い従者が水瓶を抱えていた。

「少し」

「では、こちらをどうぞ」

なぜ、急に言葉がわかるようになったのだろうか。紫苑は狐《きつね》につままれたような気持ちだった。いや、よそう。変なことを考えていたら、また聞こえなくなってしまうかもしれない。わかるようになっただけありがたいと思っておこう。紫苑は慌てて頭を振った。

「あの、ここはなんていう国なんですか？」

「リシュタルク帝国ですよ」

リシュタルク帝国――聞き慣れない国だ。どのあたりにあるのかも見当がつかない。

「じゃ、さっきの男の人は？」

紫苑が食いつくように尋ねると、ヨハンは物珍しい生き物でも見るかのような表情を浮かべ、紫苑をじっと見つめた。

「珍しい髪や瞳の色だと思いましたが、やはり、陛下をご存じないということは、よほど遠い異国の方なのですね」

「陛下……だって？」

その言葉を聞いて、紫苑は目を丸くする。

「はい。ジェラルド様は、リシュタルク帝国の皇帝陛下にございます」

その敬称を持つ者は限られた権力者だけだ。紫苑はとんでもない状況に在ると愕然《がくぜん》とした。ジェラルドには王の風格があるとは感じていたが、まさかほんとうに帝国の君主だとは。

言葉を失った紫苑の様子を察したらしいヨハンが、明るく励ますように声をかけた。

「ご心配なさらないでください。陛下は市民にもお優しい方です。異国の方との交流も積極的にされていますし、きっと真摯《しんし》にご対応くださると思います。もちろん、呼び鈴もございますから、何かあればいつでも私にお声がけください」

「あ、ありがとう、ございます」

「アリガトウ？　とは」

ヨハンが首を傾げ、じっとこちらを見て紫苑の返答を待っている。

「え？」

きょとんとしているヨハンに、紫苑の方が戸惑った。

今の今、言葉がわからないということもないだろうし、それなら、御礼を言われるという風習がないのだろうか。

「あ、いえ。なんでも……」

紫苑は言葉を濁すことにした。

もしも当たり前の言葉がそうではなかった場合、何かよくないことが起きるのではないかと不安になったのだ。

「それでは失礼します。ほんとうに何かあったら声をかけてくださいね」

ヨハンが立ち去り、一人になってから、紫苑は途方に暮れた。

（なんなんだよ……どうなってるんだ）

これからどうしたらいいのだろうか。

今もって、まったく現実味がない。だから意識が安定しないでふわふわしているのだろうか。

ただ、やはり五感は備わっている。身体は疲労を訴えているし、眠気を誘うようないい香りもする。

このまま眠りに落ちたら、目が覚めたときには、現実に戻っているといい。きっとそうなるはずだ。

ささやかな願いを抱きながら目を瞑《つぶ》ると、いつの間にか睡魔に誘われるがままに身を委ねていた。

□3

翌朝、紫苑はさっそく落胆した。

目が覚めたら、自分の部屋のベッドにいる場面を想像していたのに、まったく元通りにはなっていなかったからだ。

一体、いつになったら、元の生活に戻れるのだろうか。

途方に暮れていると、従者のヨハンがやってきて、紫苑はされるがままに身支度を整えることになった。

「このあと、謁見の間にご案内いたします。そちらで陛下がシオン様をお待ちですので——あ、少しじっとしていてください」

「は、はい」

紫苑は背筋をピンと伸ばした。

今、着せられているのは膝丈まであるダブルのフロックコートだ。シャツにベストを重ね、ネクタイではなくシルク生地をふんわりと絞ったクラヴァットを締められる。現代らしくない衣装というか十八世紀の世界にタイムスリップしたみたいに見えた。

(夢——じゃなかったのか)

一つの可能性を潰され、紫苑はため息をついた。夢じゃないのだとしたら、一体この状況はなんだというのだろう。それを何度疑問に思い、何回確かめればいいのだろうか。やはり、気絶している間に、知らない国に拉致されたと考えるべきか。とんでもないことになってしまった。

皇帝陛下に謁見するということは、昼間の正装でなくてはならないということかもしれない。とにかく、国によっては法律も習慣も違うだろうし、失礼なことをして投獄されるような真似《まね》だけはなんとしても避けたい。

紫苑が今頼れるのは、自分自身だけ。こういうときこそ役に立たせるべきである共感覚もどういうわけか、ぼやっとしている。今のところ不穏な色は感じられない。ただ緊張感だけがずっとつきまとっているだけだった。

身支度を整えたあとさっそく謁見の間を訪れると、ヨハンにここで待つようにと言われ、紫苑はヨハンに倣《なら》って膝をつき、頭《こうべ》を垂れ、指示が出るのを待った。

豪奢《ごうしゃ》な部屋の中央のずっと先に、玉座に悠々と腰をおろすジェラルドの圧倒的な存在を感じる。王者にだけ許された権威という名のオーラがそこには確かに在った。

ふと、紫苑は奇妙な感覚に陥った。『何か』はわからない。今まで視えていたオーラとは異なる、ジェラルドから感じるオーラについて、だ。

「面を上げてもよい」

気をとられていると、通る声に思わずびくりと肩が震えた。許しを得てホッとするどころか、余計に緊張がせり上がってきて、喉がからからになる。

ジェラルドのすぐ側に、誰かの姿が見えた。長い髪を一つに結い片眼鏡をかけた男性は、いかにも理知的で、かつ冷徹な雰囲気がある。王の側近……右腕といったところだろうか。

なんの話をされるのだろうという不安で頭の中が占領されていく中、紫苑は無意識に情報を探ろうと、共感覚を研ぎ澄ませていた。

こんな能力などなければいいと願ってきたというのに、皮肉にも今、自分を守る術となっていることが悔しい。

しかし、いつもと違って、まったく手応えがなかった。さっきから感じていたのは、この違和感だ。

(色が、視えない――だって?)

紫苑は愕然とする。そう、オーラを感じるだけ。その色が視えない。

物心ついたときから身に染み付くようにずっと在ったはずなのに。

初めてのことに紫苑は激しく動揺する。ジェラルドからはオーラを感じた。しかしいつものようにオーラに色がついていない。色から発せられる本心を捉えることもできない。

ただ、ジェラルドから感じるのは、好奇心。紫苑に興味を持っていることは彼がまとう空気から伝わってくる。その先はわからない。

ジェラルドには見えない壁がある。そこへ踏み込もうと意識を集中させようとすれば、鋭利な剣の切っ先が、喉をかすめるような危機感に襲われる。紫苑は思わず自分の意識の目を逸《そ》らした。

これが君主たる威厳というものだろうか。紫苑の共感覚以前のものだ。肌を撫《な》でる鋭利な感覚に、冷や汗が浮かぶ。それ以上踏み込みすぎないように、絡め取られた意識をゆっくりと解《ほど》いてゆく。そして深呼吸をした。

「シオン……といったか」

「は、はい」

動揺のあまりに、思わず声が震えた。

「さっそく本題に入ろうか」

紫苑は身を強張らせ、乾いた唇を舐《な》めた。沈黙が長ければ長いほど、鼓動が速まっていく。

「まずは、覚えている限りでよい。あの場に囚われることになった経緯について、話してくれないか」

こちらの萎縮を感じとったのかもしれない。あまりにも硬くなっている姿を見て、情けをかけられたのだろうか。ジェラルドの口調が微《かす》かにやわらかくなる。

紫苑としても説明できる限りのことを伝え、少しでも自分が不審人物でないことをわかってもらいたい。

大学の帰り道に、車に轢かれそうになった人を助けようとしたら意識を失い、気づいたら黒装束の集団に拘束されていた。その後のことは——ジェラルドと顔を突き合わせている今は思い出したくなかった。

「——とにかく、目が覚めて、気づいたら……あの黒装束の者たちに囲まれていたんです。いつ自分がこの国に連れてこられたかはわかりません」

紫苑のたどたどしい言い分に、ジェラルドは違和感を唱えるように、眉を動かす。

「……待て。シオンはどこの国の人間だ」

懐疑的な視線を向けられ、紫苑は不安を抱いた。嘘《うそ》をつく理由はないが、もしも友好的でない国の名前を告げたら……二度と帰れないかもしれない。そんな恐怖心から、すぐには言葉に出せなかった。それが伝わったのかもしれない。ジェラルドの表情がよりいっそう険しいものに変わる。

「正直に答えよ」

追求され、紫苑は結局ありのまま答えるほかなかった。

「日本、です」

そう答えながら、背筋に汗が流れていく。

「ニホン……？　セザール、聞いたことはあるか」

ジェラルドに声をかけられ、先ほどから側にいた側近らしい男は、すぐに首を横に振った。

「いえ。存じ上げませんね」

と言い、眼鏡の奥の瞳を光らせた。

「他の者たちは？」

ジェラルドが意見を求めるが、彼の周りを囲んでいる従者や護衛の者たちに反応を示す人間はいなかった。

紫苑は彼らの様子を見て戸惑った。国内のどこかから連れてこられたと思われたのだろうか。

「たしかに、異国風情のようだが……では、神職者たちの言い分はまことであったか」

ジェラルドが独り言のように呟く。

「神職者とは……？」

「おまえを囲っていた者たちだ。あの場では、女神を降臨させるための儀式を行っていた。そこに、おまえが現れたというのだ」

「待ってください。現れた……っておかしいじゃないですか。どこかから連れ出されて、拘束されたわけではないんですか?」

紫苑はとっさに口を挟んだ。拉致された可能性を頭に入れていた彼にとっては、理解できないことだったからだ。

話を聞けば、それではまるで異世界に召喚された巫女《みこ》のようである。漫画や映画の世界ではないのだから、そんなこと不可能だ。絶対的にありえない。

「ああ、確認したが、そうだと言っている。あの興奮した様子からすると、嘘をついているというわけでもあるまい。神職者たちは皆、潔白であり、誇り高き人間であることを主張する。もしも偽りがあれば、自らの矜持《きょうじ》を汚すことになるのだから、わざわざでっち上げるような真似をするはずはない……私はそう考えている」

「……そんな」

頭が混乱している。うまく状況の整理ができない。現実的にそんな話があるものか。

一体自分はどのくらい気絶していたのだろう。事故に遭って意識不明の重体になっていたなら、どこかの病院に運ばれるはずだ。そもそも、無傷なのがおかしいではないか。

ならば、巻き込まれずに済んだとして、その後になんらかの接触があって誘拐されたとしか思えない。神職者たちが女神を担ぐために、嘘をついているのではないか。

「とても理解できません。そ、それに、女神って……俺は、男ですよ」

西洋人から見たら、撫で肩の、ひょろっとした紫苑は男らしくないかもしれないが、さすがに儀式の時点で判《わか》ったはずだろう。

性別はこの際は無視しよう。だいたい、もしも巫女のような役割を紫苑に与えたいのならば、もっと彼は丁重に扱われるべきではないのか。

すべての矛盾に答えが見えない。

「無論、それはわかっている。我が国にとって、力となる守護者が必要であると神職者たちは考えている節がある。ゆえに召喚自体は失敗したとされ、おまえは女神を呼ぶための生贄《いけにえ》に捧げられるところにあったのだ」

それを聞いて、紫苑は愕然とした。

「生贄……」

ぞっとする。

「真なる女神の怒りを鎮め、隠された真の女神を呼び起こすためには、その身を生贄に捧げる必要があるという。それが神職者たちの言い分だ」

紫苑は信じがたい、と首を横に振る。

(狂っている……カルト信仰の国なのか、ここは)

女神と生贄では、待遇の差がありすぎる。それならあの仕打ちも納得できる。下手すれば拘束されて殺害されるところだったのだ。取り囲まれていた場面を思い出し、ぞっと悪寒がした。

ジェラルドが助けに入らず、あのままにされていたら、夢だろうが現実だろうが、やはり命が危ぶまれたということだ。

「私がおまえをあの場から連れ出すには、相応の理由がなければならなかった。君主である立場を利用し、おまえを私の手にかけた。私がおまえを気に入り、生贄に値する穢《けが》れなき身体であるか否か、精査した上で引き取ることを希望した……そういう芝居を打つほかになかったのだ」

紫苑は火がついたみたいに、顔を赤らめる。めくるめく官能の余韻はまだ記憶に新しい。

耳朶に触れた吐息、下肢を弄ぶ手淫、激しい愉悦に乱れ、泣きながら達したあの時間……思い返してしまうと、あまりに恥ずかしく、ジェラルドをまっすぐに見られない。たとえ生贄に捧げるために媚薬を盛られたのだとしても、我慢しきれなかった自分の理性が情けなくて仕方ない。

「その件については、謝罪をしたい。すまなかった」

真摯に謝罪されればされるほど、よりいっそう羞恥心に苛まれる。紫苑はそんな自分を押し隠しながらジェラルドの想いに応えた。

「い、いいえ。あのとき……結果的に、あなたに命を、助けられたのですから……俺は」

その場に静けさが広まり、二人の間に気まずい空気が漂う。

それを打破するように、ジェラルドが玉座から立ち上がり、ゆっくりと階段をおりてくる。そして紫苑の眼の前にやってきた。

　金色の長い髪の、美しい精悍《せいかん》な風貌は、まるで獅子の化身のようだ。彼の澄んだ青い瞳には吸い込まれそうになる。彼こそが『光』の衣をまとった使者なのではないか、と紫苑は思う。

「神職者とおまえのそれぞれの言い分を確かめた。どちらも俄《にわか》には信じがたい内容だ。しかし確認する術がない。そうすれば、また神職者たちが、その場を再現しようと言い出すに違いないのでな」

「それはっ。絶対にいやです」

「そうであろう。ならば、今はとにかく、おまえにはこの国に慣れてもらい、日を改めて解決策を考えるほかにない。おまえがどこから来た者かはわからぬが、女神として降臨したというのであれば悪《あ》しき存在ではないのだろうと思うことにした」

　その言葉に、紫苑は少しだけホッとする。

「知らない場所に連れてこられれば誰しも不安になるものだろう。ついてくるといい。宮廷の中を案内しよう」

　ジェラルドは言って、マントを翻す。彼に付き従っている護衛が、紫苑のことを待っていた。今はとにかく従うしかないようだ。

　紫苑は戸惑いながらも、ジェラルドの背中を追いかけるように、謁見の間を出て行くのだった。

乾いた風が頬《ほお》を撫でる。やたら喉が渇くのはこの気候のせいもあるだろうか。

土埃《つちぼこり》の混じった、異国独特の空気の匂いがする。遥《はる》か古《いにしえ》からの歴史が刻まれているであろう建造物、そして人が存在するというのに、どこか現実味のない世界だ。

だからといって、それらがすべて夢の話だと説明するには、あまりにも感触がありすぎる。地に足をつけ、空気を吸い、鼓動を奏で、そして視界に映るものを確認する。どれもリアルな質感だ。

だからこそ、理解に苦しむ。

なぜ、どうして。自分はこんな異国に連れてこられたのだろうか。その理由がわからない。

だいたい、女神を召喚しようとしたのに、男の自分が呼び出されたというのだから、ファンタジーとしてはとんだ笑い草だ。しかしこの世界では冗談ではなく命懸けの、リアルな事情なのだ。

解決策としては、このまま皇帝に保護してもらい、一日も早く日本に帰してもらうこと。けれど、肝心の皇帝が日本という国を知らないという。世界経済で度々取り沙汰される日本という国を知らないなんて、そんなことがありえるのだろうか。

だが、紫苑もまたリシュタルク帝国などという国は知らない。世界には数々の小国が存在しているわけだから、ただ自分が知らないだけかもしれない。では、どうやって知ることができるのか。

漠然とした不安が、紫苑の背中を押した。

「あの、陛下」

気づけば、ジェラルドを呼び止めていた。

「ん？　どうした」

ジェラルドは歩みを止め、振り返った。

「こちらには外交官はいらっしゃらないのですか。大使館はどこにあるのでしょう。そこに行けば、解決する気がするのですが」

紫苑がおずおずと申し出ると、ジェラルドは何かを思案するような表情を浮かべた。

「焦る気持ちはわかるが、今は私の言うとおりにしてもらいたい。何をするにも順序というものがある」

「それは、すみません。けれど、何もわからない状況のままでは、どうしても不安なんです」

食い下がると、ジェラルドは少し考えるような顔をした。

「おまえのいう大使館……というのは、外交使節団の公館のことか？　いずれにしても、外交官は隣国に出向いている。私の代わりに調印式に出席しているのだ。あと十日は帰らないだろう」

「十日……」

それを聞いて、紫苑は気が遠くなる思いがした。

「案ずるな。連れ出したのは私だ。おまえのことは責任を持って面倒を見よう」

皇帝陛下にそう言ってもらえるのは心強いが、一分一秒でも早く、この場を離れたい紫苑にとって、あと十日も見知らぬ国に滞在しなくてはならない現実を、そう簡単には受け入れられない。

紫苑はここに旅行に来たというわけではない。持ってきた荷物が何一つないどころか、自分を保証するものはこの身しかないのだ。

せめてスマホ……そうだ、電話をかけられれば……と思い立つが、謁見の間でのやりとりを振り返り、すぐに考えを改めた。

この国を統べる王が、日本という国がわからないというのだから、やはり担当の外交官が戻ってくるまでは我慢するしかないだろう。

紫苑は喉元まで出かけた言葉を無理やり嚥下《えんか》する。

ジェラルドがどういう人間なのか計りかねているが、苦言をもらったばかりだというのに余計な一言をこぼして万が一機嫌を損ねるようなことになったら、紫苑にとって不利な状況になるかもしれないのだ。ここは面倒を見てくれるという言葉だけでも、甘んじて受け取っておくべきだろう。

「……わかりました。お言葉に甘えさせていただきます」

裏腹な言葉を告げ、喉の奥に苦いものが流れていくのを感じる。焦燥感、紫苑にあるのはただそれだけだった。

「観光に来たとでも思い、気を楽にしているといい」

ジェラルドは鷹揚《おうよう》にそう言い、背を向けた。

観光に来た、そう言われれば、たとえ一時的なものだとしても、少しだけ気持ちは楽になる。

周りに気づかれないように、紫苑は小さなため息をつく。それから宮廷の中を見渡した。

女神や天使といった象徴や唐草模様が施された白磁色の円柱に支えられた宮殿の内部は、まるでヴェルサイユ宮殿のような、近世ヨーロッパの雰囲気によく似ていた。

天井には神話を表しているかのようなフラスコ画が巧みに描かれ、精緻な細工の豪奢なシャンデリアが均等な間隔で吊るされている。真紅の絨毯《じゅうたん》が敷かれた長い廊下を行く間にも、壁際にはいかにも高級そうな壺《つぼ》や絵画が飾られていた。

左右対称の柱に支えられた回廊を歩いていくと、手入れの行き届いた中庭が見えてくる。そこもまたシンメトリーな造りになっていた。専用の庭師がきっといるのだろう。

白いロトンダ式のガゼボやアーチには美しい薔薇《ばら》が咲きこぼれんばかりに蔓《つる》を這わせ、甘やかな香りがこちらまで漂ってくる。長い回廊を歩いていく間にも、お仕着せ姿の使用人や、門番、衛兵など、至るところに人々の姿が見えた。

紫苑は視線を忙しなく動かしながら、目に飛び込んでくる情報を分析していく。ここは欧州のどこかの小さな国なのだろうか。近代的でありながら、どこか古めかしい趣向、そして、女神を召喚するなどといった、倒錯的な風習があるようだ。

（リシュタルク帝国……か）

もっと自分が地理や歴史に詳しい人間であったならよかったのに。そう思わざるをえない。

不意に、紫苑は気配を感じた。一瞬にして鳥肌が立つ。それは、おそろしく禍々しい殺意のようなものだ。

どこからだ、と紫苑は視線をさまよわせる。しかしどこにも人の姿は見えない。

気をとられていると、前方から黒い衣装を着た初老の男性が数名やってきた。先頭の男は教会の神父が着ているリヤサという衣装に身を包んでおり、ロザリオと思しき首飾りが首にぶら下げられている。他の者たちは先頭の男に付き従うようにしている。

紫苑が感じとった不穏な気配は、相手からのオーラではない、彼らに植え付けられた恐怖という名の経験だった。

初老の男たちを見てハッとする。顔には見覚えはないが、彼らがまとう空気の色から、一瞬、記憶がフラッシュバックしたのだ。

鼓動が鈍い音を立てている。視界が黒い点に染まり、吐き気をもよおしそうになった。

この感覚を、紫苑は以前にも味わったことがある。間違いない。先頭の男は、あの、黒装束のリーダー格の人物だ。その男も紫苑を見て、今にも手をとらんばかりの勢いで前に出ようとしてくる。

来るな！　反射的に拒絶の震えが走った。紫苑の顔からはすっかり血の気が引き、逃げようにも足が竦んでしまって動けない。そんな彼の肩をジェラルドが自分の方へと強引に抱き寄せた。

「っ……！」

弾かれたように紫苑はジェラルドを見上げた。

安心するといい、と言いたげなジェラルドの青い瞳に、紫苑は言葉を失ったまま、ただ震える身体を預けるだけだった。

「グレゴール、彼は私の客人だ。今後一切無礼なことをするな。これは私がもらい受けるといったであろう」

ジェラルドは瞳に剣呑《けんのん》な光を灯しつつ、先頭にいる初老の男……グレゴール・ヘルナーを睨《ね》めつける。

グレゴールはジェラルドの威嚇に一瞬怯《ひる》むが、不満な顔を浮かべ、食い下がってきた。

「お言葉ですが、陛下。陛下には一日も早く伴侶を見つけてもらわねば……その者のために陛下がわざわざお手を煩わせることもないでしょう。我々の手元に置けば、我々とてその者を悪いようにはしない」

「――」

「逆だ、グレゴール。世継ぎは妾《めかけ》に産ませればよいではないか。今の今、妃選《きさきえら》びがはじまれば、それこそ余計な火種を生むだけだろう」

「しかし、それでは王家の正当な血筋が……」

「はっきり言おうか。これは玩具《おもちゃ》にちょうどよいのだ。私からこれを取り上げようと考えても、今さら遅いぞ」

グレゴールの言葉を幾度となく遮り、ジェラルドは言い切った。彼の含みのある口調に、神職者たちの間に動揺の色が広がる。

「お戯れを。まさか、その者は……穢れを覚えたのですか？」

愕然と、憤るように、グレゴールは声を震わせる。

「然様《さよう》だ。だから遅いと言ったのだ。昨晩じっくり、私のモノにしたところだ」

「なっ」

まさか、そんなはずはない。

紫苑が思わず声をあげると、ジェラルドは紫苑の唇をそっとなぞり、睦言《むつごと》を囁くかのように耳打ちをしてくる。

「……安心しろ。ここは話を合わせるのだ」

「……っ」

紫苑はぐっとこらえる。そういうことか、と納得した。

「これはまことに淫らな器よ。私を締め付ける形容、啼《な》き声がまたたまらぬ。こやつのおかげで、我はよい夜の時間を過ごせた。政務も捗《はかど》るというもの」

ジェラルドの一芝居に、神職者たちは顔を見合わせ、困惑した様子を見せていた。

その一方、紫苑はなぜか落ち着かなくて仕方なかった。たとえ演技だとしても、ジェラルドの視線や言葉が、どうにも紫苑の羞恥心を煽《あお》るのだ。彼のまとう妖艶な雰囲気に、身体の芯が甘く痺れはじめる。鼓動が速まっていくのを感じながら、ただただ紫苑はその羞恥に耐え続けた。

「では、あれはなんのための……精査だったのです？　贄か女神か、ふさわしい器かを確かめるとおっしゃったのは」

「しつこいぞ。今後はこの者に固執するな。今後、これは我のために用意されたものと考えよ。召喚された者の使い道は一つとは限らぬ。おまえたちならば、次なる召喚も、容易《たやす》いことであろう？」

召喚……という言葉を聞いて、紫苑はあの場になぜ自分がいたのか説明がつかないことを考えれば、あながちありえないことではないかもしれない、と一瞬思ってしまった。

無論、共感覚という奇妙な特異体質を持っていなければ、そんな人智を超えた能力があるはずもないと一蹴していただろう。紫苑だからこそ受け入れられる考え方だ。

ただ、仮に召喚が本当に可能だとしても、それを実行することはそう簡単なことではないのではないか。

しかし、グレゴールも神官としてのプライドがあるのだろう。皇帝陛下を前に、言い訳をすることはなかった。

「わかりました。陛下がそのようにおっしゃるのであれば……承服いたしましょう。ですが、くれぐれも、本来の意図から離れ、溺れることのなきよう……」

意味深な言葉に寒気が走る。

せめて何か苦言を残さんとしたのかもしれない。グレゴールは冷ややかな表情を浮かべつつも、皇帝陛下に対しての敬意は忘れなかった。

二人の間の空気が一気に張り詰める。だが、ジェラルドは眉ひとつ動かさない。

「ああ。諫言はしかと受け取っておこう」

鷹揚にそう言い、微笑をたたえた。

そんなジェラルドの態度が、ますますグレゴールの癪《しゃく》に障ったらしい。

「では、我々は失礼いたします」

グレゴールは口惜しそうな顔をして紫苑に視線を送りつつも、渋々といったふうに立ち去った。

回廊の先に神職者たちの姿が見えなくなったのを確認したのち、

「やれやれ。行ったか……」

と、面倒くさそうに、ジェラルドはため息をついた。

さっきの獅子のような立ち居振る舞いをしていた男と同一とは思えないほど、ジェラルドは気の抜けたような顔をしている。

「あ、あんな、嘘をついて……よかったのですか」

紫苑は言いながら、グレゴールのただならぬ様子を振り返る。あの男ならいつか報復しかねないと思ったのだ。

「そんな顔をするな。先ほどのは、あの者たちの手前、そういうことにしておかねばならなかっただけだ。おまえが私の手にかかったとなれば、神職者たちは手出しができない。生贄は穢れのない者でなければならない。そういう身体なのであれば、他を探すために引き下がるだろう」

そういうことか、と紫苑は少しだけホッと胸を撫で下ろした。

「あれも、おまえにとっては脅威かもしれぬが、我が国を思って行動している者たちだ。悪く思わないでくれ」

ジェラルドは申し訳なさそうに言った。

「そう言われても……どう答えたらいいかわかりません」

何が善であり悪であるか、それは置かれている立場や視点によって異なるものだ。

「おまえの置かれている状況を考えれば、今は仕方あるまい。さて、気分を変えようか。このまま私についてくるといい」

まるで紫苑の心を読んだかのように、ジェラルドは言った。

紫苑にしてみれば、ジェラルドについていくほかにない。

「次は……もっとまともな人間と出会えることを願おうか」

「ほんとうにそう願いたいです」

紫苑の言葉は切実だった。


剣戟《けんげき》の音が少しずつ響いて聞こえてくる。溌剌《はつらつ》とした一人の騎士と、まだ半人前と見られる騎士が、剣を交えているのだろうと想像を掻《か》き立てられるような声が、響き渡っている。

「ここは……」

先ほどまでの優雅な宮殿の造りとは違い、広々としたグラウンドのような場があった。土壁で覆われただけの殺風景なもので、練習用と思しき木刀が壁に立てかけられ、奥には馬小屋が並んでいるのが見える。

土埃が舞い、肌にちりちりとした痛みを感じ、紫苑は目を眇めた。

「剣技場だ。主に騎士が鍛錬を積んでいる」

ジェラルドが顎をしゃくる方には、二人の人物が剣を構えていた。

熱と熱がぶつかる、そういう音がする。二人の男の声が弾け飛ぶ。そして一方から、怒号が響き渡った。

「そんなことでは、陛下をお守りする第一部隊になど、入れないぞ」

「……っまだまだ！　おねがいします！」

切れる息を整え、もう一方の、年若い騎士が剣を振るう。

「腰を落として構えろ。相手の動きをしっかり見るんだ」

「はいっ」

必死に鍛錬を続けていた彼らだが、ジェラルドと護衛の姿が視界に映ったらしい。溌剌とした方の騎士が、「待て」と相手を制した。二人の騎士は剣を鞘《さや》におさめ、恭しく礼をとった。

「邪魔をしてすまない」

「いえ。陛下がわざわざこちらにお越しになるとは、どういったご用件で？」

「紹介したい者がいる」

ジェラルドが言うと、騎士は物珍しそうに紫苑を見た。

「そちらの少年は？」

「客人だ。今後、おまえに護衛についてもらいたくてな。その件で話がある。オーレリアン、来てくれるか」

「御意」

一人の溌剌とした騎士……オーレリアン・ハインケスは即座に返答すると、もう一人の年若い騎士に目で合図を送る。年若い騎士は「失礼します」と頭を下げると、すぐに立ち去った。

三人になってから、オーレリアンは改めて紫苑の方へ視線を移した。

「ふうん。毛色の変わった猫ですね。皇帝様。やっとお気に入りを見つけたっていうわけですか？」

興味津々といったふうに、急に砕けた口調で問いかけてきたオーレリアンに対し、紫苑は萎縮する。

すると、ジェラルドはため息混じりに答えた。

「そういうわけじゃないが、特別な事情がある」

そう答えるジェラルドもいつもの王たる威厳が若干和らいでいるように思う。

オーレリアンの言葉や態度は、君主に忠誠を誓う騎士の態度にはとても見えない。

二人は一体どういう関係なのだろうか。

「オーレリアンは近衛《このえ》騎士の一人だ。私とは昔馴染《なじ》みなのだ。信頼の置ける男だから、安心するといい」

なるほど、と思いつつ、紫苑は小さく頭を下げる。

一方、オーレリアンは奇妙な生き物を見るような目で紫苑を観察していた。

「黒い髪に、色素の薄い肌……異国人ですか。たしかに事情がなければ、ほぼ封鎖状態のこの国にいるはずもありませんね」

と、自分の顎を撫でた。

「封鎖状態？」

とっさに口を突いて出た。紫苑は瞳を揺るがし、ジェラルドを見つめた。

どういうことだろうか。外交官が調印式に出ていると言っていたと思うのだが。

「場所を変えよう」

ジェラルドは言って、オーレリアンを従えると、護衛の者に下がってよい、と指示を出した。

三人はジェラルドの執務室へと移動し、見張りに立っていた兵士に「人払いをしておいてくれ」と、ジェラルドは命じた。

「はっ」

兵士二人はその場から少し距離をとって見張りをはじめた。

それから一行は部屋に入り、ジェラルドは紫苑がここにやってきた経緯をかいつまんでオーレリアンに話した。

「……そんなことが。それは、ずいぶんと重たいものを背負いましたね。我が国の現状を鑑みても、陛下の手に余るのでは」

と、オーレリアンが紫苑に視線を向ける。

紫苑はいたたまれない想いがして、身を縮めるだけだった。

皇帝陛下の弱点にもなりうる情報を打ち明けるくらいなのだから、ジェラルドはよほどオーレリアンを信頼しているらしい。ならば、自分も信頼していいだろうか、と紫苑は二人の様子を窺った。とにかく今の紫苑にとって味方は多ければ多いほどいいのだ。

ジェラルドは重々しいため息をつき、声を潜めた。

「神職者たちはいったん引き下がったが、こちらが隙を見せれば、いつ誘拐しようとするかもわからない。私がこれに構えないときは、おまえが護衛をしてくれるとありがたい」

「もちろんですよ。陛下のご用命ならば」

「そういうわけだ。シオン。私が不在のときに何かあれば、まずは世話係のヨハンにいろいろ申し付ければよい。それでも困ったことがあれば、私の側近である宰相のセザールや近衛騎士であるオーレリアンを頼るといい」

急にこちらに視線をよこされ、紫苑は慌てて返事をする。

「わ、わかりました」

「くれぐれも、それ以外の者には……安易に身分を打ち明けようとしないことだ。宮廷内には様々な思惑の人間が動いている。おまえの一挙一動に、国が動くこともあるということを肝に命じていてほしい」

ジェラルドのまとう空気の色が変わったように感じた。

「……はい」

と、紫苑は返事をする。背筋が伸びるような思いだった。もしかしてとんでもない国に来てしまったのではないか。先ほどの封鎖状態という言葉も気にかかる。神職者たちが女神に頼ろうとするくらい逼迫《ひっぱく》した状態にあるということなのではないか。

「脅すようなことを言うようだが、おまえが懸念しているとおり、我が帝国領の内外どちらも平和とは言いがたい状況にある。私が束縛するのは、おまえの安全を願っているからだ。わかってくれるな？」

ジェラルドはそう言い、紫苑の頬をするりと撫でた。刹那、風のざわめきのように肌が粟立《あわだ》つ。彼のオーラには、甘い香りを持った花のような、陽だまりに降り注ぐ明るい陽光のような色が視える。

視えなくなっていたはずなのに、なぜ、ジェラルドの色が視えるようになったのだろう。紫苑は無意識に感覚を研ぎ澄ませてジェラルドのオーラを感じとろうとした。しかし完全には読みとれない。そこから先を探ろうとすると、エラーを起こしたパソコンのように、勝手に思考がフリーズするのだ。

一方、まるで飼い慣らしたペットを愛撫するようなジェラルドの手付きに、なんとなく気恥ずかしい想いをしていると、すぐ側にいるオーレリアンが揶揄《やゆ》めいた表情を浮かべていた。それに対抗するように、ジェラルドがふっと口端を引き上げる。

「気に入っている、という点は否定しないでおこうか。だから、これに私以外の者が手を出すことを許すわけにはいかないのだ」

熱っぽい視線に、紫苑はどきりとする。だが、すぐにジェラルドは皇帝の顔に戻る。オーレリアンもまた、騎士の顔に戻ったようだった。

「御意のままに」

そう言い、ジェラルドは左膝を立て、片膝を地につけ、君主への敬意を示した。

その二人の男の様子を見て、紫苑はどうしていいものか困惑する。

手のひらの上で転がされているような不安定感と同時に、襲いかかるすべての脅威から守られているような大きな安堵《あんど》感をも紫苑は覚えていた。

□4

オーレリアンと別れたあと、紫苑は再びジェラルドと共に宮廷内を巡っていた。

しかし一日ではとても回りきれない広さに目を白黒させていると、ジェラルドは休憩しようかと言い、また別の部屋へと紫苑を招き入れた。

そこは、ジェラルドの私室のようだった。

あまりじろじろと見てはいけないと思いつつも、紫苑はつい視線をさまよわせた。

ほんのり薄暗い部屋になっており、キングサイズを二つ並べたくらいの大きなベッドが中央にある。

それ以外の調度品は他の部屋に比べ、思いの外、質素だった。

宮殿のような豪華なホテルのスイートルームというよりは、シンプルで身体を休めることを第一に考えられたビジネスホテルの一室といった感じに思えた。

灯《あか》りがなければはっきりと様子が見えない。窓辺からは光が入らない。もしかしたらこちらは西日が入る造りなのかもしれない。部屋の雰囲気から、執務で忙しいジェラルドがゆったりと寛《くつろ》げる寝室なのだろうと察知した。

「さて、おまえをここに連れてきたのは、ただ休憩をするため、というわけではない。話しておきたいことがあるからだ」

ジェラルドの声音は先ほどよりも穏やかだが、何か切羽詰まった色が視える。

「まだ、何か気をつけなければならないことが？」

紫苑は思わず生唾を飲み込み、それから声を潜めるようにしてジェラルドの真意を尋ねた。しかし、ジェラルドは首を横に振る。

「単刀直入に言おう。シオン、私と取引をしないか」

「……取引、ですか？」

まさかそんな話をされるとは思っていなかった紫苑は、きょとんとしてジェラルドを見つめ返した。取引に値する財産など、自分には何もないというのに。

「ああ。まず、私から先に要望を告げよう」

ジェラルドは言うが早いか、なぜか紫苑の目の前で跪いた。それだけでもぎょっとするのに、ジェラルドは驚くべきことを口にする。

「ここにいる間、私の花嫁になってはくれないか」

と言い出したのだ。

「は、花嫁？」

突然のプロポーズに、紫苑は目を大きく見開いた。ただただ混乱を極める。

ジェラルドには冗談を言っている様子はない。端正な男のまっすぐな眼差《まなざ》しに、紫苑はめまいを覚えた。

「え、待ってください……花嫁って……そんな冗談やめてください。無理ですよ」

混乱の末に出てきた言葉は、ただそれだけだった。

冗談、無理、ありえない。この人は一体何を言っているのだろうか。

だが、ジェラルドは食い下がってくる。

「ずっと、というわけではない。ここにいる間だ」

「は？　それなら……なんて言いませんよ。そうじゃなくて、それ以前の問題です！」

「何が問題だ？」

不満げにジェラルドがむっとした顔をする。なぜこちらが怒られなくてはならないのか意味がわからない。

「いや、大問題ですよ。俺は……男ですよ！　男が花嫁っておかしいでしょう」

プロポーズの体勢から戻ろうとしないジェラルドに、紫苑は頭が痛くなってくる。どうしたら理解してもらえるのか、いいアイデアが思い浮かばない。そんな紫苑をよそに、ジェラルドは泰然たる態度を崩さなかった。

「そんなにもおかしな話とは思えない。今さらではないか」

「今さらって……」

さすがに紫苑も頭にきた。最初の出会いを忘れてはいない。一度、身体を許したことを、軽視されたくはない。

「げんに、おまえは相手が女でなくては満足しない、というわけではないようだが？」

「……そ、それは」

痛いところを突かれ、紫苑は言葉を詰まらせる。そしてジェラルドと目が合うと、かあっと全身が燃えるように熱くなった。ジェラルドは儀式のときの紫苑の様子を指摘したいのだろう。

しかし紫苑にだって説明がつかない。なぜ、あのとき彼に感じてしまったのか。

何かを飲まされた。あの媚薬のような液体のせいだったのではないのだろうか。

「俺は、恋愛以前に、人との関わりが苦手です」

そう、男性だから女性だから、という理屈は……紫苑の中にはないのかもしれなかった。恋愛に行き着くまでに、特異体質が邪魔をする。そして、紫苑は自分から人との交流を避けてきた。親しい友だちはいない。誰かを深く愛したこともない。無論、愛されたこともない。

そこまで考えて、いつも逃げ道を探しているような人生だったな、と改めて自分がいやになった。

唇を噛《か》んでうつむくと、

「勘違いしないでほしい。私はおまえを責めるつもりもないし、恥じることだと思ってはいない。私も同じだ。人間の繋がりは何か、愛とは何か、深く理解はできていない。ただ、直感はあるのだ。自分が本能的に求める相手こそが、必要な相手なのだと、思うようにしている」

と、ジェラルドは慰めるように言った。

その言葉の意味を反芻《はんすう》したのち、紫苑は顔を上げる。

言葉のまま促えるのなら、ジェラルドも人との関わりが苦手ということなのか。そうは見えない。彼は人の頂点に立つ王なのだ。もしくは、性別を気にしない、直感的に好ましいと思えば、同性をも愛する傾向にあるということを言いたいのだろうか。

もっと簡単な言葉がある。性別関係なく、心を奪われる感覚……それは表現するならば『ひとめぼれ』というものではないか。

あの儀式のときのことを思い出してしまってからは、ジェラルドの澄んだ瞳を見つめ返す勇気はなかった。

まるで裸にされたみたいな錯覚に陥り、恥ずかしくなって再びうつむこうとすると、ジェラルドがすぐ近くに歩みを寄せてくる。そして紫苑の頬にそっと手を添えた。

紫苑は吸い込まれるように、ジェラルドを見つめ返した。そこには心配そうに自分を見つめる、宝石のような瞳があった。その青い瞳に捕らわれると、紫苑は何も言葉にならなくなる。ただ、胸のどこかが静かに波を打つのを感じていた。

「どうやら私は口説く順番を違《たが》えたようだな」

「え……？」

ジェラルドの言葉の意味を測りかねて、紫苑はジェラルドの表情を窺うばかり。

「取引だと言っただろう？　私がこう提案をしたのは、おまえをただの客人としてここに置いておくのは、あまりに危険だからだ。いつ何時、あの者たちが手出しをしないとも限らない。私としてもいつまでも客人を招いたままではいられない。客人は必ず帰らなければならない。しかし帰る手段がないだろう。私の立場では、客人だけを相手にするわけにはいかない。そうなったとき、おまえはどうなる？」

「……っ」

それを言われると、紫苑としては参ってしまう。ここで彼が頼れるのは、ジェラルド以外にいないのだ。

「そこで、だ。もし私の花嫁になるというのなら、私はおまえを側に置いて可愛《かわい》がり、身の安全を守ろう。そのつもりでオーレリアンやセザールには話をつけてあるのだ。それとも、おまえには他に考えがあるのか。外交官が帰ってくるまで十日……その先の保証はどこにもないのだぞ」

紫苑は、頭の中で花嫁になる未来と行き止まりの現状を天秤《てんびん》にかける。

外交官に期待を寄せている。しかしそれは博打《ばくち》と一緒だ。欲しい結末が得られるわけではない。もしもそのとき、頼りにできる人間がいなかったら？　自分はどうなってしまうだろうか。

「た、たとえば、投獄されることも……あるということですか」

「なきにしもあらず、だ。側近はもとより神官たちも黙ってはいないだろう」

と言って、ジェラルドは目を瞑った。

それは困る。全員が敵になってしまったら、紫苑には為す術がない。

葛藤の末、紫苑は口を開いた。

「一日も早く、帰るべき場所に帰りたい。それが俺の願いです。ですから、あくまでも一時的な取引ということなら……応じます」

そう、取引だ。これは取引なのだ。紫苑は自分を無理やり納得させる。

「ああ、その想いは受け取っておこう」

ジェラルドは言って、紫苑の唇をなだめるように指先でつっとなぞった。

弾かれたように顔を上げた瞬間、紫苑は自分に降りかかったできごとに、目を丸くする。ジェラルドに唇を奪われていたのだ。

小さな音を立てて離れたそれは、挨拶のようなものだったからか、拒絶する間もなかった。

意識した途端、血液が沸騰したみたいに全身が熱くなった。顔はおそらく真っ赤になっていること
だろう。

「なっ……俺の話を聞いていましたか⁉」

「親愛の気持ちを態度で表しただけだが」

そう言い、微笑みかけてくるジェラルドは、言葉とは裏腹にどこか確信犯的な雰囲気が漂っている。

この人は、穏やかに見えて、とんでもない策士かもしれない。

「……こ、困ります。取引なんでしょう？」

ここはどこかの外国なのだ、風習も文化も、日本と同じに考えてはいけないかもしれない。

「たった今、私の花嫁になったのだから、忘れられてはこちらも困る」

甘い視線を向けられ、鼓動が早鐘を打ちはじめる。

「い、いくらあなたがよくても、周りはどうなんですか。あ、あなたが、男である俺とこんなことを
していて誰かに見られたら、変に思われるのではないですか」

世継ぎがどうとか、妾がどうという言葉を、さっき聞いたばかりだ。それは残念ながら、相手が女
性でしか叶《かな》えられないことである。男同士では、子をもうけることはできない。

「周り、か」

と、ジェラルドは黙り込む。彼の表情には苦悶の色が浮かんでいた。

「気を悪くしたら、申し訳ありません」

「いや。先にも言ったとおり、親しい者にだけは事情を打ち明けている。しかし、おまえの言うように宮廷内は女人の姿でいるべきだろう。だが、私と閨《ねや》を共にする時間は、素のままでいて構わない。私としてはおまえがどちらの姿をしていても花嫁であることには変わりないからな」

ジェラルドの目元は悪戯《いたずら》な色を覗《のぞ》かせている。紫苑はすでに半分ほど後悔している。

手のひらで弄ばれているような気がするのだが、仮初めの花嫁になることを承諾して本当によかったのだろうか。

ただただ返す言葉もなく悶《もだ》えている紫苑を見て、ジェラルドは愉快そうに微笑を浮かべていたが、すぐに皇帝の顔に戻った。

「このまま、仮初めの愛を交わし合うのも悪くはないが、まずは……女らしい身なりに整えることからだな」

そう言い、紫苑の額をとんと指先で押した。痛くもない軽い衝撃だったが、紫苑は反射的に目を眇める。なんだか、あやされた子どものような気分だった。

「手始めに、教育係をつけようか。周囲の目を考えれば、私のことをよく知ること以上に、我が帝国について熟知し、皇族、貴族として、それなりの教養も必要になってくるだろう」

熱に浮かされそうになっていた紫苑は、現実のことを考えて冷静な思考を取り戻した。

どういう理由からか、言葉はかろうじて通じるようになった。だが、読み書きできるかもわからない。そして、その教養を得る時間というのはどのくらい必要になってくるものだろうか。外交官が戻ってくる十日間にやるべきことは、本当にそれでいいのか。

だいたい、一刻も早く自分の家に帰りたくて仕方ないというのに、そんなことをしている余裕はない。大学も欠席が続けば、単位を落としかねない。今後の就職にだって響いてしまうだろう。守ってくれる存在が欲しかったとはいえ、安易に引き受けたのは間違いだったのではないか。

正解か不正解か、問いかける言葉が思考の海を泳いでいる。

しかし今の紫苑はどうしたって八方塞がりなのだ。身一つで放り出されてもどこへ行ったらよいかもわからない。安全が保証されることを考えれば、背に腹は代えられない。

「俺にもっと帝国のことを詳しく教えてください。宮廷の内外のことも、その後、どうやって自分の国に帰国すればいいかも、相談に乗ってもらえますか」

「ああ、もちろんだ。おまえの気が変わらない限り、約束は違える気はないから、安心するといい」

それを聞いた紫苑は覚悟を決め、奥歯を噛みしめる。無意識に拳《こぶし》にもぐっと力がこもった。

「わかりました。あくまで仮初めですが、あなたの花嫁を務めたいと思います」

すると、ジェラルドは紫苑の耳の側に近づき「いい子だ」と甘い声で囁いた。

その官能的な響きに、くらりとめまいがした。

「さっそくだが、私と二人きりのときには、名前で呼ぶといい。おまえには特別に許可しよう」

「名前、ですか」

「呼んでみるといい」

にこりと笑顔を向けられ、紫苑は戸惑う。

「よ、呼ばないとダメですか。陛下、でもいいのでは」

「それでは、よそよそしすぎる」

拗《す》ねたように、ジェラルドは言った。

「そんなことないと思いますけど」

「おまえは恥ずかしがりで、けっこうな頑固者であるな。よいから呼んでみればいい」

ジェラルドに笑われ、紫苑はますます恥ずかしくなってきてしまった。これは墓穴を掘ったらしい。

名前を呼ぶことくらいなんてことないはずなのに、心臓のざわめきがうるさい。変に意識をさせられたせいだ。頬に熱が集まってくるのを止められない。

「ジェ……ラルド」

なんとか紫苑が呼ぶと、再び、ジェラルドは「いい子だ」と甘く囁いた。その声音に、紫苑は情けないくらい感じ入ってしまう自分がいることに気づく。

さっき戒めたばかりだったのに。そんな場合ではないとわかっているのに。なぜかジェラルドは紫苑の感じやすい体質にすっと侵入してくる。

思い返せば、会ったばかりのときから、妙にジェラルドには敏感に反応していた。それに彼のオーラは色までは視えなくても、感じとることができる。急に言葉がわかるようになったのも、ジェラルドとの間に何かきっかけとなる繋がりがあったのだろうか。だとしたら、それは何、なのだろう。

紫苑は自身のことを密かに研究論文にまとめていた。無論、発表することのない非公開のものだ。その内容について思い出していた。

もしかしたら、ジェラルドとは共鳴しやすい相性にあるのかもしれない。共感覚を持つ人間にとって、自分というのは一瞬の概念、そして身体は自分の器だ。

稀《まれ》に、概念が共鳴し合うような、相性のいい器と出会うことがある。互いに影響を受けやすい存在として、認識し合う。電波を拾うような感覚だ。その出会いに【運命】という名前をつけた。

——運命だなんて、笑わせる。

そんな夢見がちな思考を覗かれた日には死んでしまいたくなりそうだ。一刻も早く帰宅しなければ。

そして帰ったらすぐに、あの論文は破り捨てよう。そう決意する紫苑だった。

□5

翌日、朝食をごちそうになったあと、紫苑は衣装部屋に案内されていた。ひと口に衣装部屋といっても簡素なクローゼットルームのようなものではない。アパレルショップあるいはウエディングサロンがそのまま入っているかのような広さの部屋に、ドレスが何百着もずらっと並んでいた。

ドレスの形はもちろん、同じようなドレスでも絵の具のパレットのように、何種類もの色違いがある。

チェストから引き出されたヘッドドレス、イヤリング、ネックレスなどのアクセサリーも個々に用意されており、宝の山といっていい。

紫苑はただただ広い部屋ときらびやかな衣装小物を眺め、感嘆のため息をつくばかり。

「はぁ。花嫁になるとは言ったけど、具体的にはどうしていたらいいんだろうな」

途方に暮れたように紫苑がぼやくと、

「ドレスへのお召し替えをお手伝いいたします」

と、ヨハンが大きな鏡の前で、水色のドレスを広げはじめた。

紫苑はそれを見て、顔を引きつらせる。

「男がドレス……」

花嫁というからには、考えなかったこともない。この部屋に案内されてから、薄々感じてはいたものの、男性用の衣装がないところを見ると、やはり、ドレスを着なければならないのか。

「シオン様は、どういった形がお好みでしょう？　特になければ、お似合いになるものを選ばせていただきますが」

「いや、俺は男だし、好みも何もないだろ。なんでもいいよ。いや、よくないけど」

なぜ異国に来て、女装をしなくてはならなくなったのか。紫苑はため息をついた。

「シオン様は、骨格がとてもしなやかでお美しいです。きっとドレスも美しく着こなしていただけますよ」

ヨハンは気を遣ってくれているようだが、そんなふうに褒められても紫苑はちっとも嬉《うれ》しくない。

男にしては撫で肩だし華奢《きゃしゃ》だということは自覚している。それは言い変えれば、男らしくないということ。

それに、身の安全を保証してもらうために『仮初めの花嫁になる』という取引をしたのは自分の責任だが、ドレスを好んで着たいわけではない。

「たしかに背はそんなに高くないし、撫で肩と言われるけど、それでも本物の女性に敵《かな》うわけがないよ。陛下が趣味を疑われるようになったらどうするつもりなのかな」

ジェラルドに対して言えない愚痴を、ついこぼすと、

「ご心配には及びません。そういうところは僕に任せてください」

と、自信たっぷりにヨハンが言う。なんだかやたら張り切っているように見えるのが、紫苑はちょっと気になった。彼はドレスを女らしく着せるのが特技なのだろうか。

しかし待ち受けていたのは、そんな生易しいものではなく、コルセットという拘束具の責め苦だった。

「うっ……し、ぬっ」

視界が一瞬、白んだ。胃の中のものが全部、出てきそうになる。それを、紫苑はさっきからずっとこらえていた。

一方で、にっこりと笑顔を見せているヨハンの目が怖い。

「これはちょっと、辛抱が必要ですよ」

という宣言どおり、おそろしい時間が待ち受けていた。

「まっ。そんなっ……締められると息がっ」

たしかにヨハンは手際がいいし、小柄な割には力もある。しかしそれよりも、楽しそうに縛っている気がしてならない。

（まさか、縛るのが趣味じゃないだろうな？）

「仕方ありません。少しのご辛抱です。女性のくびれを作るためには致し方ないのです。シオン様よりもずっとふくよかな女性だってこうしているんですよ」

「けどっ……女性は……女性だ。男の俺には、無理が、あるんじゃ……」

そう言っている間にも締め付けられ、何度窒息しそうになったことか。目の前がチカチカする。

「やり甲斐がありますよ。自然にして、喋らないでください。舌を嚙んでしまいますよ」

なんとか形になったらしく、コルセットの内側に胸の詰め物をして、紫苑はドレスを着せられていく。

「髪の毛はどうするんだ？」

「ご心配いりません。飾りがあります。毛束に絡めて垂らせば、長い髪のように見せられます」

小さな宝石のついた組紐《くみひも》で結われ、紫苑は感心した。たしかに髪の長い女性に見える。

「やっぱり、化粧も……するんだよな……？」

想像するだけで気持ち悪くて、げんなりしてしまう。

「ええ。お肌がとても綺麗《きれい》ですから、ほんのり塗らせていただくだけで十分かと」

その後もされるがまま人形のようになっていると、化粧が終わったらしい。ヨハンに声をかけられ、紫苑はおそるおそる目を開けた。

「さあ、どうでしょう」

ヨハンは満足げに微笑む。

紫苑は鏡の前に映る自分に息をのむ。そして顔を左右に動かし、角度を変えてみたりした。

「どこから見ても……淑女」

想像していたようなおそろしい風貌ではなく、きちんとした女性に見える。化粧だけでここまで変われるものなのか。

「そうでしょう？」

ヨハンは誇らしげに胸を張った。

紫苑はおそるおそる自分の頬に触れた。

想像していた以上に、女装が様になっていたことに驚き、鏡をまじまじと見つめた。

「これが、俺？」

左右に顔を振るたびに、髪の毛が揺れ、落ち着かなくてそわそわする。耳の飾りがちりちりと小さな音を立てるのがくすぐったい。

感心したあとで、しかし思いっきり自己嫌悪に陥る。素直に喜んでどうするというのか。

不意に、鏡の側にあった絵画が視界に飛び込んできて、紫苑は目を奪われる。その絵の形が地図のように見えてハッとした。

そうだ、地図！　地図だ！　リシュタルク帝国の場所、そして日本の位置を確認することができる。知らないと言われても、指して教えられるだろう。なぜ、すぐに思いつかなかったのだろうか。

「ヨハン。お願いがあるんだ」

紫苑は飛びつくようにヨハンの両手を握りしめた。

「慣れるまでは苦痛かもしれませんが、どうかご辛抱くださいませ」

ヨハンが申し訳なさそうな顔をしてそう言うのが、もどかしくてならない。

「違う。そうじゃないんだ。地図を……俺に地図を見せてもらえないか？」

「地図……ですか？」

ヨハンがきょとんと目を丸くする。

「そう。世界の地図だ。陛下も言っていた。この国のことを知るために、それに俺のことを知ってもらうためにも、今すぐに、必要なことなんだ！」

紫苑が必死に言い募ると、ヨハンは何がなんだかわからないといったふうに目を白黒させながらも、事の重大さはわかったらしい。

「わかりました。そういうことなら……少しお待ちください」

と、すぐに部屋を出て行った。

一人になった紫苑は盛大にため息をつき、自己嫌悪に陥った。

(バカだ――なんで、もっと早く気づかなかったんだ)

確かめる術は他にもいろいろあるかもしれない。あとはなんだ？　考えてみろ。紫苑は自分を叱咤《しった》し、部屋の中を右往左往しながら、とりあえずヨハンが戻るのを待った。

少しすると、ヨハンが分厚い本を抱えて戻ってくる。その中の一ページを開いて見せてくれた。

「こちらでいかがでしょうか？　毎年、更新されている地図です」

「見せて」

さっそく紫苑は食いつくように地図を手にとり、その図面を覗き込む。頭の中に描いた地図のどこにこの国があるのか……そう考えていたのだが。

いわゆるメルカトル図法の縮尺地図どころではなく、紫苑は一枚の『絵』を眺め、愕然とする。

「待って。世界地図……これが？」

『日本』がどこにもないどころか、ヨーロッパ大陸もアメリカ大陸もない。地図の何もかもが違う。

自分が知っている世界地図ではなかったのだ。

指でなぞり、視線でなぞり、頭の中で浮かんでいた輪郭を当てはめようとする。だが、どこにもそんな場所はない。

「青い点が帝国、赤く囲われたところが帝国領になります」

ヨハンが説明してくれるが、何も頭に入ってこない。そもそも想定していた地図が違うのだから。

「待ってほしい。地図は……もっと他には？　もっと全体を写してある地図」

「お求めになられてるものがよくわかりません」

「嘘だろ。これしか……ないのか？」

泣きそうになりながら紫苑はヨハンに縋りついた。しかし返ってきた言葉は無情だった。

「はい。他には特にございません」

「そんな！　おかしいだろ。じゃあ、教えてほしい。今、いったい西暦何年なんだ」

混乱を正すために必死に問いかける紫苑に対し、ヨハンは困惑している様子である。しかし今の今、混乱している紫苑が冷静に相手を気遣うのは無理だった。

「セイ暦？　リシュ暦のことをおっしゃっているのでしょうか？」

紫苑は眉をひそめた。また聞いたことがない言葉――否、どこかで聞いたような。どこだ。どこで聞いた？

リシュ暦という言葉に耳慣れしてはいないはずなのに、紫苑は自分の記憶の中に引っかかりを覚えた。どこかでこの言葉を憶《おぼ》えたような気がする。胸のあたりが気持ち悪い。

（どこだ。思い出せ……この感覚からすると、絶対に知っているはずだ）

そして紫苑はハッと気づく。

ここに連れてこられ、黒装束の男たちに囲まれる直前……公園のベンチに座って読んでいた小説の中に出てきた単語ではなかっただろうか。さぁっと全身から血の気が引いた。

違う。そんなわけがない。気のせいだ。そうじゃない。別のところでどこか……。しかしそれ以外に思い当たる節はなかった。

額にじわりと汗が流れてくる。背筋にぞわっとした悪寒が走り、鼓動が重々しい不快な脈を打っていた。

まさか、と思いながらも、紫苑はどうしても確かめたくて、おそるおそるヨハンに尋ねた。

「もう一度聞くよ。今は、リシュ暦……１６８５年？」

「ええ。そのとおりです」

ヨハンが即答した瞬間、視界がぐらりと揺れた気がした。動揺のあまり息をするのも忘れそうになった。

「そんなバカな話があっていいのか……」

鼓動はさらに激しく音を奏で、手先が冷たくなりはじめていた。

「……嘘だろ。そんなわけがない」

紫苑は唇を震わせる。認めたくなくて、繰り返し否定した。

「嘘ではありませんよ。嘘をついても何もいいことがありませんから」

「わかってる。そうじゃない。ヨハンが嘘をついているとかじゃないんだ」

どうしたらいいかわからなくなって紫苑は意味もなく部屋をうろうろしてしまう。いい考えがまったく思い浮かばない。

意味もなく手を抓《つね》ってみた。痛みがある。胸に手を当ててみた。鼓動がしている。さらに紫苑は自分の頬を両手で打った。乾いた音が部屋に響いて、じんっとした痺れを感じた。紛れもなく、今は現実。その事実を認めたくなくて、自分の身体に閉じこもるかのように耳を塞ぐ。

「シ、シオン様？」

「わけがわからない。ほんとうに意味がわからない。なんで？　どうして……そんなわけがないだろ。どう考えても、おかしい。夢？　夢じゃないなら、なんだっていうんだ。頭がおかしくなりそうだ」

許容範囲外のストレスに、大声で叫び出したくなり、紫苑はその場でうずくまる。

嘘だ。嘘だ。そんなわけがない。これが現実だなんて、とんだ笑い話じゃないか。

「シオン様、一体どうされたのですか。どうか落ち着いてくださいませ」

嘘ならば、どれほどよかっただろう。できるのなら、バカな想像など当たらないでほしかった。

頭の中が真っ白に染まりかける中、紫苑は小説に出てきた人物、国、それらを思い出そうとしたのだが、リシュタルク帝国という名前は思い出せなかった。そこまで断定されたら、もうどうにかなってしまいそうだ。

「これは、一体どういう……ことなんだ」

そして自分はどうすべきなのか。

夢ではなく、小説の中に飛び込んだ？　あるいは吸い込まれた？　否、召喚されたのだとしたら……？

結果、自分一人の力では為す術がないということになる。

「気持ち悪い」

「え？　シオン様⁉」

胸が苦しい。うまく酸素が入ってこないような感じがして、紫苑は喘《あえ》ぐ。呼吸の仕方を忘れてしまったみたいだ。脳が拒絶反応を起こしているらしい。混乱はさらに極まり、何も考えられなくなってしまった。

呆然としていると、ヨハンが慌てたように振り向いた。

「あ、陛下」

どうやらジェラルドが訪ねてきたらしい。しかし紫苑は自分のことに精一杯でそこまで意識が回らなかった。

ぐるぐると考えすぎて気持ちが悪い。もしかしたらもう二度と戻れないかもしれない。そんな絶望が足元から這い上がってきて、茨《いばら》の棘《とげ》が巻き付いてくるような息苦しさを覚えた。

「どうしたのだ、ヨハン」

低く通る声が、部屋に響き渡った。

「それが……申し訳ありません。地図を見せてほしいと言われ、お見せしたのですが、そのことで混乱されているようです」

「シオン」

ジェラルドが近くにやってくる気配を察して、紫苑はようやく振り向いた。

「あっ」

と、ヨハンが小さく声を漏らすよりも早くに、紫苑はジェラルドの熱を感じることになる。

「んっ⁉」

紫苑は驚いて目を丸くした。なぜなら、ジェラルドが唇を重ねてきたからだ。その瞬間、混乱の海を泳いでいた思考は瞬時にストップした。

唇は少しの余韻を残して離れていく。そしてジェラルドは紫苑の頬を両手で引き寄せた。

「しっかりしろ。多くのことを抱えるな。おまえは今やるべきことがあるだろう。私と約束したことを忘れたか？」

青い、聡明《そうめい》な瞳と視線が交わる。自然と、頭の中は冷静に戻っていく。だが、こみ上げてくる感情はいつまでも落ち着きがない。まるで海の上の波間をずっとさまよっているみたいに、居心地が悪い。けれど、ジェラルドの言葉が、不安定な心の支柱になってくれる。なぜか、涙がこぼれそうになって必死にこらえた。

「……っ」

みっともない。迷子の子どものような顔をしていたかもしれない。こんな自分は誰にも見せたくなかった。心配そうにしているジェラルドの気配を察して、紫苑はうつむいて唇を噛みしめる。

「そんな顔をするな……何か思うところがあるのなら言えばよい。心配ごとがあるのなら、解決できるように導こう」

穏やかに語りかけてくれ、真摯に応えてくれるジェラルドの想いに甘えて、紫苑は顔を上げ、取り繕うのをやめて正直に訴えた。

「それなら、俺の……持ち物がどこかになかったかどうか、もう一度調べてもらえませんか。絶対に、どこかにあるはずなんだ」

なんでもいい。自分の身の周りにあったものが側にあれば、少しは心の慰めになり、支えになる。自分一人の身では、自分の存在すら証明できない。それがとても怖い。

それに、今、頼りになる人間は、ジェラルドしかいないのだ。彼に見捨てられたら、もう自分がどうしていたらいいかわからない。

「日本に……俺が住んでいた元の世界に戻る手がかりになるものが欲しいんです」

泣きそうになり、声が震える。

切羽詰まった感情を、なんとか散り散りに逃すようにこらえながらも、紫苑は切々と懇願した。

ジェラルドは押し黙ったあと、静かに頷いた。

「――わかった。神職者たちの周辺を探ってみよう。こちらも見つけたらすぐにおまえの手元に戻すようにする」

「絶対に、必ず！　お願いします」

紫苑が縋るような目を向けると、ジェラルドは深々とため息をついた。

「ああ。だから、あまり自分を追い詰めるな」

そう言い、ジェラルドは紫苑の目尻の涙を親指で拭い去った。

「こちらとて、おまえをどう扱ってよいか考えているところなのだ。わかってもらいたい」

「それは、もちろんわかっています……」

叱られて、紫苑はしゅんとする。その姿を目にしたジェラルドはそれ以上紫苑を責めるのをやめた。

「では、おまえのお願いを一つ聞く代わりに、こちらも願いを一つ聞いてもらう。今後もそういうことにしようか」

「取引、ですか？」

「ああ。その方が、おまえも生きる活力が出るだろう。ただその日暮らしをしているよりずっといいはずだ。人には、快楽に流される時間も必要であろう」

悪戯な瞳を覗かせたジェラルドに羞恥心を煽られ、紫苑は条件反射的に頬を紅潮させた。そして、弄ばれていることに、腹が立ってくる。

「あの、面白がっていませんか？　俺は、真剣なのに……っ」

「私とて、真剣だ。おまえに関わってからこちらも振り回されているのだ。そのくらいは勘弁してもらわねば。あまりに暴れるのなら、相応の処遇をくださねばならなくなる。そうしたくなくて、私のもとに寄せたのだぞ」

そう言われると、何も反発はできない。紫苑はただ肩を竦めるだけだった。

「ごめん、なさい」

「落ち着いたか？」

「はい……」

ひょっとして、ジェラルドはわざと、紫苑が正気に戻るように仕向けたのかもしれない。

「少し、空気の入れ替えが必要だ。部屋を出よう」

ジェラルドは言って、ヨハンに「あとは頼む」と声をかけた。

すっかり気が抜けてしまった紫苑は、ただジェラルドに言われるがまま、ついていくだけだった。

「くれぐれも口調には気をつけるように。取り乱して忘れているようだが、おまえが今、どんな立場にあるか考えてもらいたい」

ちくりと釘《くぎ》を刺され、紫苑は押し黙る。

「……はい。心得ておきます」

「よし、では、行くぞ」

腑に落ちない紫苑をよそに、ジェラルドが部屋を出て行こうとする。紫苑もまたそのあとに続いた。

部屋を出て回廊を歩いていくと、赤い髪をした精悍な眼差しの美丈夫の後ろ姿が見えた。彼もまたこちらの気配に気づいたらしい。振り返った。

「やあ、ロイク」

と、ジェラルドが先に声をかけると、

「は、陛下、ご機嫌麗しゅう」

と、美丈夫は恭しく礼をとる。

「ロイクだ。私の従兄弟《いとこ》にあたる」

ジェラルドは美丈夫を紫苑に紹介してくれた。

「お初にお目にかかります。ロイク・フォーレゼンです」

ロイクと名乗った美丈夫は恭しく挨拶をしたかとおもいきや、紫苑の方を見た瞬間、言葉を失ったかのように固まってしまった。

まるで急に酸素を奪われた魚のように口をぱくぱくとさせている。そんな顔をする人を漫画以外で見たことがない。

「あの？」

紫苑が戸惑っていると、ロイクは大仰に咳払《せきばら》いをして、

「し、失礼しました。そちらの御婦人は……？」

と言い直した。

どうやらロイクは紫苑に……というより紫苑の女性の姿に魅入られているようだった。おかげで紫苑も、自分がドレスを着ているということに意識が回った。

紫苑はジェラルドと視線を交わしたあと、女性らしさを心がけて自己紹介をしようと思ったが、一瞬にして言葉を詰まらせた。

シオンという名前は使っていていいのだろうか。されるがまま着替え、混乱してばかりいたから、そのあたりの打ち合わせを何もしていない。

「あの、ええと」

ロイクからは好奇心が感じられる。瞳がぎらぎらと輝いているし、頬は紅潮している。単なる好奇

心ではない。もっというとひとめぼれのような熱っぽい好意だ。

紫苑は顔が引きつった。これ以上、この世界で変なことに巻き込まれたくはない。しかし、こういうときにいつもなら色が視えるはずなのだが、まったく視えない。そのこともずっと紫苑は引っかかっていた。

「紹介が遅れたな。私の花嫁だ。名をシオンという」

ジェラルドは言って、前のめりのロイクから守るように、紫苑の肩を抱き寄せた。もたもたするな、と彼の視線が言っているようだ。紫苑は恐縮して身を縮めるばかり。

ロイクはというと、夢から覚めたような顔をして、ふんと鼻を鳴らした。熱っぽい視線が、冷ややかなものへと変わり、トーンダウンする。もっというとジェラルドに対する嫉妬のようなものを感じる。

「ずいぶん、趣味が変わっているのですね。さすが陛下です。実に、ええ、実に……驚きました」

いやみを込めたつもりになっているのだろうか。言葉には棘があるが、芝居がかっていてわざとらしい。ロイクは恨めしげな視線をジェラルドに向けたあと、紫苑の方を見た。

なんとなく目が合うのはよくない気がして、紫苑はさりげなく視線を逸らした。

「では、陛下、シオン様、私は忙しい身であるゆえ、これにて失礼」

そう言い、ロイクは大げさな挙動を見せつけるように踵《きびす》を返し、方向が定まっていない様子でよろめきながら歩いていく。あれではただの酔っ払いだ。

ジェラルドもいい気がしていなかったのか、大仰にため息をついてみせた。

「なん、なんでしょう。変わった方ですよね。感情の起伏が激しいというか」

先ほど一瞬だけ見せた、恨めしげな視線……ジェラルドにはよい感情を抱いていないのではないだろうか。ただ、ロイク自身には憎めないところがあるような気がする。

「私はおまえの方が変わっていると思うが。わからないのか？　あれは、おまえの魅力にあてられて正気ではなくなったのだろう」

「まさか」

と、紫苑ははぐらかした。できるだけ気づかないふりをしていたかったのだ。意識すれば、どうしてもそういう偏見が生まれる。現実世界でもそうして無理やりやり過ごしてきたつもりだ。まして、夢か現実か異世界かよくわからないこの世界では余計な接点を増やしたくない。

「まあ、女装がうまくいっていると思えばいいのではないか」

ふっとジェラルドが表情を緩めた。からかわれた気がして、紫苑は口元を引き結んだ。

「そうですけど……複雑です」

胃がきりきりする。思わず押さえたみぞおちのあたりが窮屈だ。コルセットにはまだ慣れない。骨が軋《きし》むような感覚がする。こんなことをしばらく続けないといけないなんて、げんなりする。

「帰りたいと望んでいるのなら、くれぐれも奴と二人きりになるようなことは避けるんだな」

「なりませんよ。絶対に」

もしこの世界に意味を持たせてしまったら、自分の存在は馴染んでいくものだろうか。そんな考えがふらっとよぎり、また怖くなってくる。

「おまえが望まなくても、手に入れようとする男は現れるだろう。私の目の届かないところにいるときは、たとえ護衛がついていようと、用心することだ」

ジェラルドは珍しく畳み掛けるように言って、紫苑の顎を持ち上げた。警告を与えたいのだろうか。言い聞かせるような強い視線に、紫苑は息をのむ。

「……っ」

「それに、何より私も面白くはない」

熱っぽい視線と、拗ねたような表情に、紫苑の鼓動がドキッと妙な音を立てた。

（ドキッてなんだよ……こんな状況なのに）

紫苑は視線を逸らし、不自然に脈を早めた自分の心臓のあたりで手をきゅっと握りしめた。どこか甘く痺れるようなどうしようもない感覚には覚えがある。甘酸っぱい初恋のはじまりにも似たものだ。

女装をしたからといって、内面まで女になりきる必要はないというのに。彼にときめく理由なんてないのに。

「さて。私は一度、政務に戻らねばならない。もう少し散歩をしたら、部屋まで送り届けよう」

散歩という気分にはならないのだけれど、紫苑は素直に頷いた。部屋に閉じこもったままではまた、自分を追い込むだけになるだろう。

「それから、……気分ではないかもしれないが、もう一人、紹介しておきたい者がいるのだ」

「わかりました」

まだこの状況を理解するには時間がかかる。それでもなるべく人とは最低限の関わりでいたい紫苑にとって、紹介されるのは億劫《おっくう》だが、逆らえない立場なのだから致し方ない。

「ああ、ちょうど姿が見えた」

と、ジェラルドが視線を向けた方向には二人の男の姿があった。

一人は、ジェラルドを年若くしたような、そっくりの美青年。その彼が隣にいるもう一人と談笑している。もう一人の男はゆったりとした奇抜な衣装をしており、その手には二胡《にこ》に似た楽器があった。一体何者だろうか。どこか浮いた雰囲気がある。

こちらに気づいたらしい。二胡を持っていた男は年若い美青年に耳打ちをし、足早に立ち去ってしまう。そして残された年若い美青年がこちらを振り向いた。

「ごきげんよう。兄様」

年若い美青年のにっこりとした笑顔はとても愛らしい。それに、肌の白さは、まるで陶器でできているかのような滑らかな美しさだ。まるで天使みたいだ、と紫苑は思った。

似ている、と思ったとおり、どうやら弟だったらしい。

「アルフォンス。また宮廷楽士とつるんでいるのか」

やや呆れたようにジェラルドが言う。日常茶飯にあることなのか。咎《とが》められたことを察したアルフォンスは拗ねた表情をする。

「そんな邪険にしないでよ。カミーユの話は興味深いんだ。城下町にそうそう出ることのない僕たちにとって貴重な情報源でもあるんだよ」

「けっこうなことだが、悪い遊《あそ》びを覚えないようにするんだな」

アルフォンスは肩を竦める。思い当たる節があるようだが、いわゆる酒や女といったところだろうか。少しあざといような雰囲気のある彼は、どこか憎めない空気を持ち合わせているようだ。

「彼女は兄様の婚約者？」

と、アルフォンスが首を傾げた。

「そうだ。シオンという」

ジェラルドは特に表情を変えることなく頷く。

アルフォンスは別として、ジェラルドの雰囲気を感じとるに、兄弟にしては距離がある気がした。

王族ならばこんなものなのだろうか。

「へえ。ようやく兄様にもそういう相手ができたんだね」

アルフォンスは紫苑を舐めるように見た。まるで観察されているみたいで落ち着かない。

「シオン様。自己紹介が遅れてすみません。僕はアルフォンス・ディグレット。貴方とも仲良くできるといいな。よろしくね」

手を差し出され、紫苑もおずおずとその手を握る。すると、アルフォンスは屈託ない笑顔を向け、ぶんぶんとその手を振る。

「え、ええ。よろしくね」

まさかこんなフレンドリーに接してもらえるとは思わなかった紫苑は、アルフォンスの勢いにやや気圧《けお》されぎみだ。

「これからも、いつでも声をかけてよ。忙しい兄様と違って、僕はこのとおり悠々自適だからさ」

自虐的ともとれるが、誇らしげでもある。きっとアルフォンスは今までもずっとこんな感じだったのだろうと察せられた。

「おまえにも公務があるだろう」

ジェラルドに厳しく指摘されると、アルフォンスは小さく舌を出して見せた。その姿はまるで小さな子どものようである。彼らの幼少の頃の光景が自然と思い浮かんだ。

「わかってますよ。でも、綺麗なシオン様の前でお説教は恥ずかしいから、僕はこれで失礼しますね、兄上」

逃げるようにアルフォンスは笑顔を残し、その場を颯爽《さっそう》と立ち去った。まるでスキップでもしているような軽い足取りだ。

「まったく。ああ見えて、私と二つしか年が違わないのだが、シオンよりもずっと子どものようだな」

呆れたようにジェラルドはため息をつく。たしかにアルフォンスは見た目にしては幼い部分があるようだ。要領がいいというかなんというか。

（それにしても美形ばかりだな……）

紫苑としてはそちらの方にため息をつきたくなる。

皆、凜々しい顔をしているのは、王族の遺伝子ゆえだろうか。ひょろっとした中性的な紫苑とは違う、その精悍さが羨《うらや》ましい。

これも、『架空の世界』だからなのだろうか。だから、色が視えない……とか。

と、考えが及んで、紫苑は首を振る。まだ決まったわけじゃない。それなら、ジェラルドのオーラはどう説明がつくのだろう。まだ、何事も決定づけてしまったらだめだ。

「シオン」

と、呼ばれ、紫苑はハッとした。

「は、はい」

「アルフォンスは私の異母弟だ」

その意味を一瞬考え込む。

(一夫多妻制……っていうことかな)

「あやつは、あのとおり、陽気な性格だが、どこか浮ついて飄々《ひょうひょう》としているところがある。城下町にも度々ふらっと出かけていく癖がある。悪い遊びに付き合わされないように気をつけることだ。どこで情報が漏れるかわからないからな」

そういうジェラルドの瞳が妖しく光る。

「……わかりました」

今のところアルフォンスからいやな感じは受けない。だが、万が一、余計なことに巻き込まれ、自分の身に危険が及ぶようなことがあれば、帰れなくなるかもしれないのだ。とにかく極力、顔を知られるのは少数の方がいい。

「それと、前に私が言ったことを覚えているか？　おまえが頼っていい人物は限られている、ということを」

「はい」

紫苑はここに来て出会った人物を頭の中に思い浮かべた。

一人は、ジェラルドの側近であり、銀髪に眼鏡をかけた理知的な男性、宰相セザール。そして、強面《こわもて》ではあるが気さくな雰囲気のある近衛騎士のオーレリアン。彼は側で護衛にもついてくれている。

紫苑について真相を知っている者はジェラルドを含め三人だけ。

今日、紫苑は新たに二人の人物と出会った。ひとりはジェラルドの従兄弟であるロイク、もう一人は異母弟であるアルフォンスである。

宮廷暮らしをするのであれば、ジェラルドとどういう関わりがあるのか、各々もう少し詳しく把握しておく必要があるだろう。それに、今後も紫苑は偽りの花嫁を演じなくてはならない。そのために必要な情報は得ておかなくてはなるまい。

接点を持たず、情報だけは得る。

紫苑はたまらなくなりため息をついた。

こんなはりぼてみたいな作戦で、ほんとうに大丈夫だろうか。ますます危険な目に遭うのではないか。それならいっそ帰る方法が見つかるまで、誰にも会わない場所に隔離されている方がいいのではないだろうか。

無論、紫苑だって監禁されたいわけではないが、どうにも落ち着かない。

そんな彼の心を読みとったのか、ジェラルドは紫苑の肩をそっと抱き寄せてきた。

「追々でよい。詰め込みすぎて、おまえがまた混乱するとよくないのでな」

紫苑はこくりと頷く。

ジェラルドは優しい。それだけが救いだ。もしもおそろしい青髭《あおひげ》のような王だったら、今ごろとっくに紫苑は首を刎《は》ねられていたかもしれない。想像しただけでぞくっとした。

ジェラルドに案内されているうちに、少しだけ気持ちが落ち着いてきた。

これからどうしたらいいかはわからないが、今はただ、できるだけ現実逃避し、いい方向へと考えるほかにない。浮かんでくる不安を、紫苑は無視することにした。

＊＊＊

翌日、紫苑は朝早くに目覚めた。すると、ジェラルドが訪ねてきた。気分がよければ書斎に連れていってくれるという。

「何か、わかることがあるかもしれない。ただし、追い詰めない程度に……と約束できるのなら」

「約束、します」

紫苑は飛びつくように返事をした。ふさぎ込んでいるよりずっといい。

ジェラルドはにこやかに微笑みを向けてくれる。一方、彼に付き従っていた宰相セザールは冷めた目をしている。忙しい中、なぜ紫苑に時間を費やさなければならないのか、と顔に書いてあるようだ。

「ならば、少し、私も付き合おう」

「陛下、時間がありませんよ」

と、セザールが口を挟んでくる。しかし即座にジェラルドは反論した。

「わかっている。ほんの少しでいい。一人にするのは心配なのだ」

「少々過保護では。不安があれば、護衛をつければいいでしょう。子どもではないのですから……」

セザールは呆れたように言った。

二人の間に挟まれ、いたたまれなくなった紫苑は、そっと手を挙げた。

「えっと、俺なら大丈夫です。好きに見てもいいならそうさせてもらって……」

「私が、側にいたいのだ」

ジェラルドが言って、紫苑を見つめてくる。きっと、昨日のことがあったから、心配してくれているのだろう。彼の気持ちは嬉しい。側にいてくれたら心強い。でもいいのだろうか、とセザールを気にした。セザールはというと、知らんぷりだ。黙っているということは無言の許可ととっていいだろうか。

「ついてくるといい」

と、ジェラルドは言った。紫苑はセザールに頭を下げ、部屋を出た。

書斎を訪ねると、膨大な書物の量に圧倒される。見上げるほどの高さまである書架がいくつも並んでいた。大学の図書館もかなりの広さがあるが、まったく比較にならない。棚にぎっしりと収納されている本はどれも図鑑や辞典のように厚みがあり、背表紙を見ただけでは、なんの本かはわからない。きっと一人でここに来ても、途方に暮れていたことだろう。

けれど、この匂いは好きだ。少し埃っぽいような、こもった空気感が、とても懐かしく、気持ちを落ち着かせてくれる。

「ふむ。さしあたって歴史の本だろうか。我が国のことに触れるのであれば、このあたりを探してみるといい」

ジェラルドがめぼしい本の場所へ案内してくれる。それからいくつか手にとって、紫苑に渡してくれた。期待に胸を弾ませる。しかし肝心の文章に触れた途端……紫苑は唸《うな》った。

「まったく読めません……」

ぱらぱらとめくられていくページを、呆然と見送る。

言葉が理解できるようになったのなら、文章も読めるようになっているのではないか。そんな淡い期待はあっけなく散らされてしまった。せめて、アルファベット表記ならまだしも、記号のような文字の羅列を見るに、これでは親しんだ言語から推定することすら難しい。ほんとうにここはどこの国なのだろうか。架空の世界……という言葉が再び紫苑の脳裏をよぎった。

「私が読んでみせよう」

見かねたジェラルドが紫苑から本を預かろうとしたところ、ノックの音に邪魔をされる。

入ってきたのは、護衛の騎士だった。その後ろに、セザールの姿があった。

「陛下、軍議の時間とのこと。そろそろ、戻っていただきたいのですが」

「わかった」と返事をしてから、ジェラルドはため息をついた。これ以上、時間を延ばすことはできなそうだった。

「すまないが、私が付き合えるのはここまでだ。あとは世話係のヨハンに頼む。この部屋を出るときはオーレリアンを呼ぶように言ってくれ。他は、好きなようにしてくれて構わない。何か気づいたことがあれば力を貸そう。よいか」

「はい」

意味は伝わっていないかもしれない。けれど、感謝は伝えたい。

ジェラルドは君主なのだ。彼を必要としている人間は大勢いる。緊迫した事情があるようだし、紫苑ばかりに構っている場合ではないのだろう。いろいろと提案してくれ、気にかけてくれるだけで、ありがたいことだ。

その後はヨハンを従え、様々な本を漁《あさ》った。

本のページをめくるたびに、今在る現実に打ちのめされそうになる。だが、今の紫苑にとって、とにかく情報を集める手段はあればあるほどよいのだ。

といっても、どれもこれも見たことのない言語で、自力での解読は難しく、ヨハンに翻訳をしてもらいながら、この国のことを少しでも知ろうととにかく試みた。

「少し、休憩しましょうか」

と、ヨハンから言われるまで、紫苑は気遣いが足りていなかったことに気づかなかった。

「ごめん。ヨハンに甘えすぎていたな」

目をこすりつつ、紫苑は素直に謝った。

だが、ヨハンは特に意に介したふうもなく、笑顔を見せてくれる。それどころか、常に心配をしてくれるのだ。彼には感謝しかない。

「いえ。これも僕の仕事ですから。陛下がシオン様を大事にされているように、僕だってシオン様に何時間でも付き合います。けれど、詰め込みすぎるのは、よくありません」

ヨハンは優しい子だ。ジェラルドがよこしてくれた彼が世話係でよかった。

たしかに必死に没頭していたせいか、肩がこっているし目も頭も痛い。休憩を入れた方がよさそうだ。

「じゃあ、外に出てこよう。悪いけど、オーレリアンを呼んでくれるかな」

「かしこまりました、すぐに」

本当はオーレリアンにも悪いから、自分一人でぷらぷらしたい紫苑だったが、ジェラルドの言いつけを破ることはできない。ジェラルドも忙しい中、いろいろ尽くしてくれているのだ。

少し待つと、オーレリアンが来てくれ、彼と一緒に紫苑は庭へと足を伸ばした。

「どこかへ行くといっても、こうしてぼんやりするしかないしな……」

と、ぼやいてから、紫苑は慌てて、すぐ後ろを歩いているオーレリアンに謝る。

「ごめんなさい。そんな俺に付き合ってくれる貴方も大変ですよね」

「いや、特別休暇をいただいていると思っていますので」

ニッと微笑を浮かべるオーレリアンに、紫苑はほっとしつつ微笑みを返す。

「リシュタルク帝国は、常に乾燥していますよね。土埃っぽいというか。ただ、空気はからっと澄んでいて風がとても気持ちいい」

そう、外の空気は心地よい。この国に四季という概念はないのか。あまり雨が降らず、常に晴れている気がする。そういえば、雲の姿もあまり見かけない。

「あの、海とか船とか、あるのかな。今、季節は初夏？　これから暑くなるのかな。雪……は降りますか？」

「海はそりゃありますよ。港に行けば船もあるし、潮風にはあたりますよ。暑さはいつもこの程度ですね。雪については、馬に乗って遠くの山に行かなければ見られません」

「そっか。そう考えると、日本も同じようなもんだよな」

紫苑は安心材料を探しながら、自分をなんとか納得させようとしていたのだが。

「うーん。異国からの御客人がいちばん気になることはなんですかね？」

オーレリアンは不思議そうに尋ねてきた。

「それはもちろん……この世界のことです」

「世界ときたか」

ははは、と参ったようにオーレリアンが白い歯を覗かせた。

「そういう意味ではなく……なんて言ったらいいか、リシュタルク帝国のことも知りたいし、周辺諸国のことも知りたいし……自分がどうしてここに来たとかそういうのもいろいろ……」

もごもごと言い募る紫苑を見て、オーレリアンは爽やかに笑った。

「知りたい欲求というのはよくわかるが、あんまり焦りなさんな。我が国の皇帝陛下がなんとかしてくださるよ」

「うん……頼りにはしているけど」

「そうさ。あんたのことをあれだけ気にかけているんだ」

紫苑はジェラルドの様子、そしてこれまでの彼とのやりとりを思い返す。

なぜ、ジェラルドは紫苑を花嫁にしたいなどと言い出したのか。

なぜ、紫苑はジェラルドに反応してしまうのか。

なぜ、急に言葉がわかるようになったのか。

なぜ、ジェラルドのオーラは一部感じとれるようになったのか。

なぜ、彼はここまで親切にしてくれるのだろうか。

整理をすれば、繋がりが見えるかと思ったが、答えは出ない。

それより、とにかく自分のことが最優先だ。そう思って、紫苑は考えるのをやめた。

それからも時々オーレリアンに話を聞いてもらいながら庭園を散歩していると、ロイクが近づいてきた。

「おや」

と、オーレリアンが声を潜める。親しく会話をするのは謹んだのか、一歩後ろへ下がってロイクに向かって頭を下げた。

「シ、シオン様、い、今、少しだけ、お、お時間はよろしいでしょうか」

胸を張りながら、やや得意げな顔で、ロイクは声をかけてきた。しかしなぜか声が上ずっている。

紫苑は戸惑いながら、ロイクと対面する。よろしくはないが、話しかけられれば無視するわけにもいくまい。

「ええ。何か？」

紫苑もまた慎ましく女性らしさに努め、にこりと微笑みを返した。すると、ロイクは顔を赤らめ、もじもじとしはじめる。

「じ、実は、お話をしたいと思っていたのです。あ、ちょ、ちょうどお茶の時間ですし、ごご、ご一緒にいかがでしょうか」

紫苑は一瞬ぽかんとした。

「お茶……ですか」

近しい人間以外には気を許してはいけないと、ジェラルドから言われたことを思い返しながら、近衛騎士のオーレリアンを一瞥《いちべつ》する。

断る理由がないだけに、どう遠慮させてもらおうか悩んでいると、オーレリアンが助け舟を出そうとしてくれたのだが。

「さあ、さあ、こちらにどうぞ」

返事を待つ前に、ロイクが強引にエスコートをするので、断るきっかけを失ってしまった。

どうする。不安な顔をしている紫苑にオーレリアンは目配せをし、そのまま彼も護衛についてきた。

あからさまに断れば、余計な火種を生むこともあるかもしれない。それでは、本末転倒というものだ。

（とりあえず、流れに合わせるほかにない……ってことだよな）

ロイクはというと、まるでオーレリアンの姿など見えていないかのように、紫苑に熱烈な視線を送ってくる。近衛騎士というのは、ボディガードやＳＰのようなものだろうから、当たり前なのだろうけれど、なんだか落ち着かない。

ロイクに案内されるがまま、紫苑は薔薇園へと入っていく。

中に入ってしばらくすると、先ほどまで頬を撫でていた風のざわめきがふっと止《や》み、艶《あで》やかな甘い香りがむんと薫ってくる。見渡せば、たくさんの薔薇が咲きこぼれんばかりに大輪の花を美しく咲かせていた。こんなに立派な花々を見たのは初めてだった。

「わぁ……すごいなぁ」

と、紫苑は無意識に声に出してから、ハッとする。今、自分がどんな姿をしているか、忘れてはいけない。もっと女性らしさを心がけて、せめて「綺麗ね」とか「素敵だわ」とか言うべきだった。

しかし慌てる紫苑をよそに、ロイクはさして気に止めていない様子だ。彼の目的は薔薇ではなく、お茶会なのであろう。

「さあさあ、どうぞ。こちらですよ」

と、彼が促した方には、白い透かし彫りのテーブルと、お揃いの白いチェアが二脚。その場にはとうに給仕係が待機しており、ロイクと紫苑が到着するやいなや、テーブルにセッティングをしはじめた。どうやら、もともと誘う気ですでに準備をしていたらしい。

（こういうのって、作法……どうするんだ）

失礼なことをしてしまったら、面倒なことにならないだろうか。一抹の不安を抱きつつ、とりあえず紫苑は着席することにした。

それから――。

紫苑は向かい合っているロイクを気にしながら、配膳されたティーカップからゆっくりと立ち上る湯気を感じ、甘やかに漂うお茶の香りをかぐ。

一般的な紅茶……ではないようだ。

「ハーブティーはお好きですか？」

「え、ええ。とても」

実際は、好きではないが、嫌いでもない。

内心そう思いながら、紫苑は微笑みを崩さないように心がける。

「紅茶もよいですが、最近はもっぱらハーブティーですよ、私も」

気をよくしたらしいロイクが、優雅にハーブティーを啜《すす》る。

貴族らしい穏やかな午後の時間というべきか。現実ではけっしてありえなかった光景に、思わずため息がこぼれる。

給仕係が盛り合わせの菓子を配膳するのを尻目に紫苑もティーカップにそっと口をつけた。

まさか毒……が入っているのではないか、と一瞬、あの黒装束たちの残像がちらついたが、そんな雰囲気はない。何より早く共有したいと言わんばかりのロイクの視線に困ってしまう。仕方なく、紫苑はゆっくりとハーブティーを啜った。

鼻から抜けていく甘酸っぱい香りはラズベリーだろうか。ほんのり薔薇の香りもする。何種類かのハーブとローズヒップをブレンドしたものかもしれない。

(へぇ。悪くない……)

お茶の分野を知悉《ちしつ》しているわけではないが、丁寧に手入れされた茶葉ということだけはわかる。

紫苑は目の前に座っているロイクをちらっと見た。

上質のフロックコートにクラヴァットをきちっと巻いているロイクの雅《みやび》やかな姿は、上流貴族のお手本というか、まるで映画の世界だ。いくらドレスを身にまとって淑女を気取っていても、自分が異質な存在として浮き彫りになっていくのを感じる。

(何を話したらいいんだろう)

他人との関わりを拒んできた紫苑にとっては、ふつうの日常会話すらままならない。こういうアフタヌーンティー専用の会話とかマナーとか、他に何かあるのだろうか、と紫苑はぼんやり思う。

ロイクはロイクでなんだかそわそわと落ち着かない様子で何か話題を考えている風情である。

わざわざお茶の場をもうけてまで紫苑と話がしたいと誘ったのだ。それなら、まずは向こうが話し出すのを待とう、と紫苑は思った。

少し間を置いてから、

「いやあ、実に感激です。シオン様とこうしてお話ができて、大変光栄ですよ」

と、いきなり前のめりに、手を握ってくるような勢いで、ロイクは語気に力を込めた。

「え、ええ。私の方こそ」

紫苑がにっこり微笑みかけると、ロイクの頬がみるみるうちに赤くなっていく。

「ああ。ほんとうに、お誘いしてよかった」

そう言うロイクの顔がもっと染まっていき、薔薇にも負けない色に耳まで充血してしまっている。

なんてわかりやすいのだろう。もうここまであからさまだと認めざるを得ないだろう。どうやらロイクは女装した紫苑に好意を抱いているようである。

ジェラルドの手前この間は否定していたが、ずいぶん明け透けな人だな、と紫苑は苦笑いしつつ、ロイクの様子を窺った。

「あのっ」

と、突然、ロイクが大きな声をあげる。

「は、はい」

とっさに紫苑は身を引いた。今度こそほんとうに手を握ってきそうだったからだ。

「お噂《うわさ》はかねがね……。あなたはきっと大変な想いをしているでしょうが、女神と崇められて当然です。あなたはその、お美しい……私はこれまであなたのような人に出会ったことがありません」

うっとりとした視線を向けられ、気持ち悪かったが、紫苑はなるべく顔に出さないように心の中だけで苦笑いをする。でもたとえ顔が引きつったとしても、盲目的なロイクには伝わらない気がした。むしろ、伝わってもらわないと余計な誤解をさせてしまうのでは、と紫苑は不安になってきてしまう。

「失礼しました。怖がらせるつもりでは……いや、警戒しないわけがない。当たり前です。しかし私は、誓ってあなたに手を出しません。ただ、ただ、ほんとうに、お話をさせていただきたいだけなのです」

ロイクが必死に訴えかけてくる。彼にそういった自制心があるのなら、こちらもそれ以上、警戒することもないだろう。それに、万が一手を出されようものなら、側にはオーレリアンがいるのだ。いくら盲目的なロイクでも知っていて無茶はしないだろう。

「それなら、構いません。交流は大事なことですから」

と、紫苑は当たり障りない言葉を繋げた。

「よかった」

ほっとしたようにロイクは微笑んだ。初対面のときはジェラルドに対して腹に一物ありそうな態度ではあったが、存外、彼は悪い人ではないかもしれない。人は見た目で判断しかねることが多々あるものだ。

(オーラが視えていたら、すぐに判ったところなんだけどな)

「ああっ、うっかりしていました」

突然、ロイクが声をあげる。紫苑はびくっと肩を震わせた。

「な、なんでしょう?」

いちいちオーバーリアクションでなければ、もっと褒めたいところなのだが。

「実は、本を見つけたのです。お探しになられていたということを侍従から聞きまして……」

「本、それはどこに」

紫苑は思わず食いついた。

「お待ちください。こういった小さな本です。しかし異国の言葉で何かを書かれてある様子……もしや、と思ったのですが……」

「見せてください」

ロイクが差し出してきた本を、紫苑は慌てて受け取る。

「どうぞ。私が見ても、どうにも理解できない部分があって」

と、困ったようにロイクが言った。

「理解できない、ということは、異国の言葉だったから、馴染みがないということですか？」

深緑色のブックカバーがかけられた文庫本には見覚えがあった。それは、大手書店のブックカバーだ。紫苑が持っていた文庫本にかけられていたものと同じ。つまりは、紫苑の持ち物である可能性が高い。

心の中でロイクを軽くディスったことを今すぐ謝りたい気分だ。

「いえ。そうではなく……」

ロイクの説明を待つ前に、逸《はや》る気持ちを抑えられず、紫苑は本を開く。

「――え？」

紫苑は文庫本を開いた手を止めた。扉表紙、目次のページがない。

（乱丁か？　そんなはずは……）

ページをぱらぱらとめくってみると、自分が読んだことのある文章が飛び込んでくる。

（やっぱりこれは俺の本だ）

感動したのもつかの間、しかしそれは途絶えた。ロイクが言ったように、途中から先が真っ白だったのだ。

「真っ白、何も書かれていない……そんなわけが……」

紫苑はもう一度最初からページをめくった。だが、やはり後半の半分が真っ白のままだった。文字が陽に焼けて薄くなったという次元ではない。故意にまっさらに消された、あるいは、白紙に差し替えられたような感じだ。

「あのう。どうしてもシオン様にお届けしなければと思いましたが、余計なことでしたでしょうか？」

心配そうにロイクが顔を覗き込んできて、紫苑はハッとした。我を忘れるところだった。

「いいえ。とんでもない。これはどこで見つけたんですか？」

「神殿の近くです。そこに教会があり、植え込みに落ちていました」

教会……というと、あの黒装束の男たちのことが思い浮かぶ。他にも、紫苑の持っていた荷物を所持していないだろうか。

「シオン様？」

「とにかく、見つけていただけてよかった。これは……俺……いや、私にとって大事なものなんです」

ロイクがわざわざお茶会に誘ってくれなければ、紫苑のもとには戻ってこなかったかもしれないのだ。

「いわゆる経典のようなものでしょうか？　そのような小さな本は他ではあまり見ませんので」

「そう、ですね。そんな感じです」

「そうでしたか。さすが聖女様ですね。御役に立てれば光栄です。これからもシオン様のためならば……ぜひとも困ったことがあれば、私めになんなりとお申し付けください」

ロイクはとても嬉しそうに胸を張った。その口調はまるで君主に使える侍従のようである。しかし紫苑は今それどころではない。

「そろそろ私、戻らなくてはならないので……」

と、紫苑が切り出すと、ロイクは残念そうな顔をしながらも、清々《すがすが》しい笑顔を向けてきた。好意を持っている相手に感謝をされれば、さぞ気分がよいことだろう。何も追求されないことが幸いだ。とにかく、もう一度、本をしっかり確認してみよう。

「ええ。私も公務がございますから。では、またの機会にお茶をしましょう」

ロイクはそう言い、ようやく紫苑を解放してくれた。

「思ったより早くに解放されてよかったですね。お部屋までお送りしますよ」

と、オーレリアンに声をかけられ、紫苑は頷く。しかし、なんとか気持ちを保とうと思うものの、動揺が隠しきれない。

本の半分が真っ白になっていることが、どうしても気にかかって仕方なかった。

「どうされましたか？」

紫苑の異変に気づいたらしい。オーレリアンに尋ねられたが、紫苑は返答に窮する。自分でも自分の感情が説明しきれそうにない。

「なんでも。少しだけ気分が優れなくて。とにかく早く……部屋に戻りたいんです」

「かしこまりました。その格好をしているだけでもなかなかつらいでしょう」

「俺の側にいてくれて、ありがとう」

「アリガトウ、とは？」

オーレリアンがヨハンと同じように首を傾げる。やはり通じないらしい。

「あ、そうだったね。ううん、なんでもないんだ」

部屋にたどり着き、オーレリアンと別れたあと、紫苑は文庫本を再び開いた。

さっきはパラパラとめくっただけだったが、文字が現れた場所から、順番に読んでみることにする。

しかし紫苑はそこでまた違和感を覚えた。

「そんなバカな……こんな話だったか？」

本を持つ手が震える。

たしかに物語は紫苑が読んだことのあるものだった。だが、内容が差し替えられていた。いうなれば、原作が二次創作されているかのように、主人公が別世界に飛ばされてからの行動記録が、まるで紫苑がここに来てからの日記そのものになっているのだ。

あまつさえ、今日より先の話が何も書かれていない。これが何を意味しているのか。紫苑はその先の予感をどうしても認めたくなかった。

（落ち着け。考えるな。そんなことあるはずがない）

偶然だ、偶然なんだ。認めるな。こんなのは間違っている。

頭の中に湧き上がってくる一つの仮定を、紫苑は必死に打ち消した。それでも押し寄せてくる波のように、それは彼の正常な思考をあっという間にさらっていく。

突然、黒装束の者たちに囲まれ、見たことのない異国に連れてこられていた。紫苑はリシュタルク帝国という名の国は知らないし、ここの人間も日本という国は知らないという。

地図を見ても、それは彼が知っている世界地図ではなく、日本という国も存在していなかった。つまりは、ここは『現代日本が存在する世界にある外国ではない』ということ。西暦ではなく、リシュ暦……過去にタイムスリップしたのではない。もっと言ってしまえば、完全に現実と分離した『異世界にトリップした』ということだ。

タイムリープ、タイムパラドックスは物理学的にありえない話ではない、と紫苑は思ったことがあった。だが、物語の中にトリップするということは、ありえない。信じられない。現実的にあるはずがない。人とモノが交わる世界だなんて。

しかし、何度、文章をめくっても、主人公の名前はシオン。そして周りに出てくる人物も紹介された人間が描かれている。何より、紫苑自身がここにいて、現実感を味わっている。それはどう否定しようもない事実だった。

「だめだ。もう……わけがわからない。それじゃあ、俺はどうやって帰ったらいいっていうんだよ」

紫苑は思わず声を漏らし、自分の髪をくしゃりと掴んだ。

何が真実で、此処《ここ》はどこなのか。

それとも、自分は眠らされていて、記憶を改編されてしまっている——とか。それこそSFチックな話だ。あるはずがない。

『あるはずがない』と否定することも、特異体質を持つ紫苑にとっては自分を否定しているようなものだ。

人間ですらない、ただの意識、無機質な何か、そう考えると、不安定な感覚に押しつぶされて、怖くなってくる。

（俺は、なんのために……生きてるんだろう）

もう、考えるのもいい加減に疲れてしまった。

「シオン、どうしたのだ。少し落ち着くといい」

その声が聞こえてくるまで、ジェラルドが部屋を訪ねてきて、さらに側に来ていたことにまったく気づかなかった。

紫苑はジェラルドの姿を目にするやいなや、彼に縋りついた。

「落ち着いてなんていられるわけがないよ、こんな状態で。一体ここはどこなんだ。なんで俺がここにいるんだ」

　残すところは、外交官との話だけでそれが頼みの綱だ。もしも本当に日本という国など知らない、と言われたら、もう紫苑には為す術などない。不安という不安が、冷たい茨のように紫苑の足元から巻き付いてきて、心拍数が速くなり、呼吸が乱れはじめる。

　気持ち悪い。現実を受け止められずに、すべてを吐き出したい気持ちになる。今日までなんとか現実をのみ込んできた。けれど、さすがに無理だ。簡単には受け入れられない。

「ゆっくり、呼吸をするといい。目に見えないものをあれこれ考えすぎるのはよくない」

　そうだ。視えない。視えていたら、どれだけよかったか。元の世界では視えることに対して、悲観的だった。その罰とでもいうのだろうか。それとも、ここは自分の能力を無効化された、自分が望んだ世界とでもいうのか。

「どうしたらいいかわからないんだ。本当にもう、俺は自分のいた場所に、帰れないかもしれない」

　未練なんてないと思っていた。むしろ自分の人生は振り回されるばかりで、いいことなんてないと考えていた。それだというのに、なぜ元の世界に戻ろうと思うのだろう。

「あんな世界でも、それでも、やっぱり俺が生きている証《あかし》だったんだなって思う。それなのに……二度とっ……戻れないなんて。これから、どうやって生きていけばいいんだよ」

　想いを訥々《とつとつ》と言葉にする紫苑を眺めていたジェラルドは言葉を詰まらせ、瞳を揺るがした。

「生きている証……」

と、呟いて黙り込んだとおもいきや、

「しかし帰れないのだとしたら、それは私にとっては好都合だな」

突然、ジェラルドが淡々とそう言い出したことで、紫苑は弾かれたように顔を上げ、むっとして即座にジェラルドを非難した。

「ひどい。仮初めの花嫁を務めたら、ちゃんと協力をしてくれるって言ったのに。あれは嘘だったんですか」

「泣いても喚《わめ》いても、今すぐに何かが変わるわけではないだろう」

「……っ」

それはそうだ。だが、もっともらしいことを言うジェラルドのことを初めて憎らしいと感じた。どれほど紫苑が心細い想いをしているか、絶望を抱いているか、いくら親切にしてくれたって、しょせん傍観者の彼には到底理解できるはずがないのだから。

「もういいです。わかってくれなくても構いません。その代わり、一人に……させてくれませんか」

今の今、信じられるのは自分だけだ。それに冷静になるための時間が欲しい。

それなのに、ジェラルドは譲らない。

「それは断る」

と、一蹴するだけだった。

「どうして。せめてそのくらいの人権はあってもいいでしょう？」

苛立《いらだ》ちをぶつけるように、紫苑はジェラルドに抗議する。だが、ジェラルドはものともしない。

「おまえは帰れなくていい。おまえがここに残るという選択肢を、私が与えればいいだけの話だ」

と、言い放った。

「なっ」

呆れてものが言えない。こんな傲慢な男だなんて思わなかった。優しいのは最初だけだったのか？

さすがに紫苑も我慢の限界だ。

「やっぱり騙《だま》したんですか？　帰す気がなかった？　興味本位ですか？　そんなの迷惑だ。あなたが皇帝陛下だからって俺にはなんの関係もない。義理も敬意も別に示す必要はない。だって俺は、この国もこの世界も知らないんだ。別の世界の人間なんだから！」

「別に、おまえを騙したわけではない。そのつもりもない」

捲《まく》し立てる紫苑に対し、あくまでもジェラルドは淡々と冷静に返してくる。それがますます紫苑を苛立たせる。

「じゃあ、なんなんですか！」

泣きそうになりながらも、紫苑は食い下がる。それでもジェラルドは飄々としていて、まるで子猫と百獣の王の戦いのようである。そんなはがゆさを感じながら、紫苑はジェラルドをキッと睨《にら》みつけた。

「おまえを見ていて、私はあることを思ったのだ。やはり……花嫁として側に置くのは考えものだな。無理を強いても、おまえにとってもよくないが、私にとってもよくはない」

「どういう意味ですか」

紫苑は眉根を寄せた。

いまひとつ話が嚙み合っていない。まるで独り相撲である。

「おまえは私の花嫁に変わりはない。だが、あえて女装をする必要などないとわかったのだ。神職者たちに告げたように、いずれ周りにも私は男色家であることを認めよう」

「え……？」

淡々と静かに告げられた真実に、紫苑は激しく動揺する。きっと隠してきただろうことをオープンにするという。マイノリティを認めるということは、自分を無防備に晒《さら》すこととイコールでもある。それが弱点になりうるのだから。それをジェラルドは隠しもせず、異人である紫苑に打ち明けた。その行為は、手に持っている剣を、自分の方に差し向けたも同然だ。無論、紫苑は剣を使ったりはしないが。

紫苑は困惑する。どうしてそこまでジェラルドに信用されているのかよくわからないからだ。得体の知れない人物を囲おうとしていることから考えても、ジェラルドは相当な変わり者ではないかと紫苑は思う。それとも皇帝陛下として、何か他に企みがあるのだろうか。

「で、でも、世継ぎがどうとか……これまでも、あれこれ言われていたんでしょう？　ますます騒ぎになるのでは」

疑心暗鬼になりながら、紫苑はジェラルドの真意を問うた。すると、ジェラルドはふっと悪戯な笑みを浮かべた。

「問題ない。必要になれば、妾がいればいい。通っている証拠が必要になった場合は、おまえが変装して妾のふりをすればいい」

「つまり、信頼されているわけではなく、俺は、都合のいい駒《こま》ですか」

紫苑は思わずむっとしてジェラルドを責めた。しかしジェラルドは誘惑をやめてくれない。

「それは少し違う。私にとっておまえは可愛い存在だ。興味がある」

そういう彼の心の色がほんのり視えてくる。ここに来てからはっきり視えなくなっていたはずの色が、視える。それは彼の本音であることを示している。

まただ。ジェラルドのオーラに包み込まれるような、干渉されるような激しい感覚がある。

「興味……面白い実験動物とでも言いたいのですか。それとも愛玩動物にしたいんですか」

「そうだな。愛らしい獣には見えなくもない。いつも機嫌が悪いようだから、どうしたら喜ぶ姿が見られるものかと思案しているところだ」

一歩踏み込もうとする彼の気配を察して、紫苑は後ずさったが、それよりも早くジェラルドは紫苑との距離を詰め、彼の節くれだった指先で紫苑の唇をなぞった。

ぞくっと総毛立つ。だが、それは悪寒というものではない。甘美な媚薬を思わせるその感覚に、紫苑はかぶりを振った。

「だ、だめ」

情けなくも声が震え、ため息がこぼれ、顔が勝手に熱くなる。なんていう声を出してしまったのか。これでは誘っているみたいじゃないか。

「なぜ？」

甘えたジェラルドの声色にきゅっと胸が締め付けられる。彼の澄んだ瞳の中に情熱を見つけて、鼓動がたちまち早鐘を打ちはじめる。

どうして彼はこんなにも入り込んでくるのだろうか。まるで彼の存在自体が、紫苑にとっての媚薬のようである。身体は自分の意に反して、熱の昂りをもたげていた。

考えるな。落ち着け。反応するな。

「俺をあなたの側に置くのは危険ですよ」

「なぜだ？」

と、ジェラルドはさして相手にしてくれない。

「み、視えるんです。あなたの心のオーラやあなたの心が発している声、そして……色が」

ジェラルドは一瞬、目を丸くした。効力があっただろうか。

しかし彼は動じなかった。

「それは、ますます興味深い」

「命とりになりますよ」

紫苑は必死に訴えかける。

ジェラルドに呑まれてはだめだ。都合がよいのは自分の方だ。現実逃避をして、ジェラルドに頼りきりになってしまう。必死に自我を保とうとしていると、くすりと、ジェラルドは魅惑的な笑みを浮かべた。

「私はおまえを手懐け、おまえの方から私に縋ってくるよう、躾《しつけ》をしないといけないようだ」

そう言い、紫苑のドレスの紐を解きはじめる。上半身を脱ぐ……否、脱がされることに、男である自分が恥じらうのは不自然だ。しかし、肌を晒すことで無防備になれば、きっとジェラルドに好きなようにされてしまうだろう。

「……ん、……やっ……信じてくれない人に、好きにされたくない！」

身をよじろうとすると、ジェラルドにいきなり抱きかかえられ、あっけなくベッドに沈められてしまう。

「あっ……」

天蓋付きのベッドにはカーテンが垂らされ、部屋より一段と薄暗くなった閨には、もうすでに官能をくすぐる雰囲気が出来上がっていた。

「信じるかどうかは、あとで考えよう。今は視えないものの方が大事だ。おまえはずっと思い詰めた顔ばかりしている。不安、恐怖、戸惑い、すべて忘れて……私に身を委ねていればいい」

ジェラルドは言って、自分のクラヴァットを解き、着衣を緩めた。そして、紫苑の首筋に噛み付くようにキスをする

「は、あっ……いやっだ」

紫苑は覆いかぶさってくるジェラルドの胸を押し返そうとするものの、すでに抜けきった力では到底敵わない。

「快楽は……よい薬だ」

と、ジェラルドは耳朶に舌を這わせながら、囁いた。思わず唇を開くと、ジェラルドのやわらかい唇に塞がれてしまい、幾度となくついばまれたあと、熱い吐息と共に濡れた舌が入ってくる。

「ん、……ふぁ、……ん」

逃れようと頭を動かすも、唇を押し付けられ、深く乱されて、息継ぎをするのがやっとだ。

目頭が熱くなる。舌の激しい動きに合わせて、腰を押し付けられると、もうすでに繋がり合っているのではないかという錯覚が起きた。

冷静になれ。何をやっている。男同士でありえない。否、人によっては、ありえることなのかもしれない。ジェラルドは男色家と言った。しかし、紫苑はどこにも属さない。人を深く愛したことも、愛されたこともないのだ。彼とは違う。

そもそも、ここは自分の国ではない。異世界の人間と、交わっていいわけがない。

「……っ」

それなのに、抗えない。優しく、深く、甘やかすような……こんな気持ちのいいキスは知らない。

ひとしきり弄んだあと、ジェラルドは紫苑の唇を離し、それからうっそりとした笑みを浮かべた。

それでいい……とでも言いたげに、ジェラルドの形のいい唇が、紫苑のいたいけな胸板をすべっていき、小さな粒をいきなり咥《くわ》え込んだ。

「あっ……ああっ……」

びくびくっと身体が震える。歓喜に湧いた紫苑の身体に気をよくしたのか、ジェラルドは口づけを深めた。

「んっ……はぁ、あっ……」

熱い粘膜に溶かされ、舌先で粒がこすられるにつれ、そこは固く隆起する。キスの間にも敏感にな

っていたそこは、舐められるだけで気持ちがよくて、泣きそうな声が出てしまう。

「や、あ、んっ……あっ……ああっ」

せめて紫苑は自分の手の甲で、唇を覆うようにして、声を抑えようとする。それなのに、意地悪にもジェラルドは淫らに突起をしゃぶるから、我慢ができない。さらに、もう片方も指の腹でこすり、爪を立ててきて、紫苑の理性を剝がそうとしてくる。

「あ、やっ……あ、んんっ」

「可愛い声だ。我慢せずに、もっと私に聞かせてくれ」

「あっう、やっ……そんな、舐めちゃっ……だめだっ……こすらないでっ」

知らなかった。男でもこんなところが感じるなんて。それに、女みたいに喘いでしまう自分が恥ずかしい。なのに感じるのをやめられない。

ジェラルドの手が、紫苑の背中や腰を撫で、下半身へと下りていく。

「やっ待って……いやだっ……」

下履きの中へと入っていく感触がして紫苑は慌てて腰を引こうとしたが、もうすでに遅かった。

そこは張り詰めんばかりに頭をもたげているばかりか、恥ずかしいことにしとどに雫《しずく》を溢《あふ》れさせていた。

「ああ、すごいな。おまえの憤りは、私が責任を持とう」

ジェラルドが興奮したようにため息をつく。そして彼は張り詰めた紫苑の肉棒を無遠慮に手のひらにおさめた。

「ん、あっ……やめっ……いや、だっ……」

羞恥心と欲望とが一気に膨れ上がり、混乱を極める。あちこちがズキズキと甘く痺れていた。

「ここは、素直で愛らしいな。しかしおまえは口ではイヤだという。そういう恥じらいは新鮮だ」

ジェラルドに身体を預けた人間は、むしろしてほしいと願う者の方が多かったに違いない。

「……ジェラ……ルド。お願い、だから」

戦意はすっかり喪失している。その代わり、別の欲望で頭の中がいっぱいになっている。

「どちらの願いを私が聞くと思うか」

意地悪な瞳に問われ、紫苑は視線を逸らす。

「ずるい」

「ああ。男には、ときにはこういう夜があってもいい。楽にしていろ。とびきりよくしてやろう」

「……っひっあっ」

胸をしゃぶられ、痛いほど張り詰めた肉棒をねっとりと扱《しご》かれる。その感触に我を忘れそうになる。

「は、あっ……ああっ……ん、あっ」

ぽたぽたと雫がこぼれ、ジェラルドの手を濡らしている。その光景に、恥じらう以上に興奮を覚えている自分がいた。

もっと、もっと虐《いじ》めて、もっともっといじって、優しくて、甘やかして、もっと……。無意識に湧き上がってくる欲求を、散らしても散らしても、それでも抗うことはできなくて、気づいたら、紫苑は自分からねだっていた。

「あ、おねがい、おねがっい……して、もっと痛くしてっ」

甘噛みされた胸がずきずきする。

「気をやりそうか？」

そう問いかけながら、ジェラルドは紫苑の猛《たけ》った屹立を優しくほぐしていく。張り詰めたそこはもうとっくに我慢の限界を超えていた。

「ん、ジェラルド、お願い、もうっ……あ、あっ、あっ」

制御しきれなくて、身体が勝手に跳ねる。ジェラルドの唇、吐息、指先、手のひら、そのすべてに思うまま操られてしまう。

「ああ、感じるままに、達《い》けばいい……」

そこから先はもう理性など一欠片《かけら》も残っていなかった。

与えられる快楽をどこまでも享受し、すすり泣きするように悶えながら、紫苑は昂った熱を一気に吐き出し、混沌とする世界をさまよっていた。

（ああ、俺はどうして……）

思考はそこでぷつりと途絶えていた。

「――少しは落ち着いたか？」

ジェラルドの声に、紫苑はうっすらとまぶたを開く。ぼやけた視界の中に、麗しい男の顔が映り込んでくる。その男は頬杖《ほおづえ》をつき、紫苑をやさしい目で見守っている。まるで野生のライオンのように。

「な、なんで……見てるんですか。悪趣味だ」

紫苑は顔を赤くし、それからジェラルドの側を離れようとしたのだが、彼の腕に抱き込まれ、逃げることはできなかった。あまつさえ、耳に熱い吐息が触れ、快楽の余韻にぞくりと身体の芯が痺れる。

それを見きわめたように、ジェラルドがくすりと笑う。

「どうしようもなく昂るときは、すべてを解き放つべきだ。本来、人間は動物なのだ。そしてなだめる術を知っているのは、人間の知性ゆえ。こうするのが一番だった。身をもってわかったのではないか？」

「……当たり前のように、言わないで、ほしい」

紫苑は自分が情けなく、リネンに顔を埋《うず》め、小さく反論する。

「悩んだときには、そうして私に身体を預けるといい」

「そんな、できません」

「ならば、私がまた誘惑をすればよいか。そうしよう」

ジェラルドはくすっと笑った。彼の顔を見ないようにして、紫苑はふいっと顔をそむけた。

「私は拗ねた猛獣の扱いには慣れている」

「……拗ねた猛獣って」

ジェラルドの言い方に、うっかり脱力する。

どちらが猛獣だと思っているのだろう。捕まえたら離してくれない凶暴な獣のくせに。

「そればかりか、なぜか、おまえの考えていることは、すぐにわかる。手にとるようにわかるのだ。なぜだろうな」

と、ジェラルドが目を細める。

「……っ」

さっきの、紫苑の視える能力の件を、揶揄しているのかもしれない。

「その、人の心を読んだような顔はやめてください」

紫苑は悔しくて、真っ赤な顔をしながらも、反論をやめない。だが、ジェラルドもくつくつと愉《たの》しげに微笑をたたえるだけだった。

「ああ、おまえという生き物が愛らしい。ますます離すのが惜しくなった。やはり自由にはせずに、ここに監禁した方がいいか」

「なっ」

優しいとおもいきや、急に怖いことを言う。それも野生の本性なのだろうか。

「おまえが本心からいやだと思うことはしない。だが、おまえが少しでも隙を見せれば、私は追求することになるだろう」

「……いやだ」

「いやと恥じらう文化があるのか？」

「美徳ではあります。でも本心です」

「私にはそうは思えぬ。だからこそ余計にそそられるのだ。素晴らしい美徳だな」

何を言ってもジェラルドには敵わない気がする。甘い檻《おり》に囚われ、ただひたすらに寵愛《ちょうあい》されてしまう。

こんなことをしている場合ではない。頭ではわかっているというのに、彼の言うとおり、いやではないのだ。

求められたかった。愛されたかった。叶うはずもない望みと、渇望する心が、満たされていくのを感じる。

違う。彼は興味本位で、玩具をいたぶっているだけにすぎない。飽きれば放り出すのだ。だから深入りすることはいけない。心酔してはいけない。

そう思いながらも、ジェラルドの美しい裸体から目が離せない。その腕に掻き抱かれ、めちゃくちゃにされてしまったら、不安も何もかも忘れられるのではないかと、そこに逃げ込みたくなる衝動が湧き起こる。一言で説明するなら、ジェラルドに欲情しているのだと、紫苑は思う。

「シオン、おまえの目は……私を誘っているようだな」

「……誘われたんですよ、俺の方が……」

「おまえは受け身になれ。そうして、溺れればいい。何も考えず愉悦に身を委ねることも、大事なことなのだから……」

ぎしっとベッドが軋む。中央に重みが偏ったせいだ。

ジェラルドが覆いかぶさってくる。逃げられないのか、逃げたくないのか……よくわからない。

やわらかい唇に呼吸を塞がれたとき、紫苑はその先を考えることを諦めた。

彼の腕に、肌に、体温に、溶けていく。思考も、感情も、何もかも一緒に……そうして消えていく。

浮かび上がるのは高ぶる熱、喜悦、愉悦、そして絶頂だ。

ああ、もう何も考えずにこうして感じていたい。

紫苑は、ジェラルドに抱かれながら、快楽の海に溺れ続けた。

＊＊＊

ジェラルドに抱かれた余韻がいつまでも残っていて、翌日の夕方になっても気だるさを引きずっていた。それだけではない。身体の奥に甘い疼きがあって、落ち着かない。たとえるのなら動物の発情期のような……いくら達しても達しきれない、欲望に取り憑《つ》かれているみたいだ。

ふと視線を感じて振り向くと、着替えを手伝ってくれていたヨハンがじいっとこちらを凝視していた。

「何？」

「なんだかお綺麗になりましたよね」

「その褒め方……なんかいやだ」

紫苑は気まずくなり、ヨハンから視線を逸らした。

「ほんとうなんですもの」

「ドレスはもう着ないよ」

すっかり紫苑は拗ねている。

「素敵な男性という意味ですよ」

ヨハンはそう褒めてくれるが、何かをしたわけでもない。ただ囲われて、自分の安全のために身体を捧げて、日々を貪っているだけだ。

着替えを終える頃、ジェラルドが顔を出した。

「おまえと一緒に過ごす時間を作った。来るといい」

その手を振り払い、いやだとごねたくなる気持ちが湧き上がってくるものの、彼に思うままにされたい欲望の方が上回る。そんな紫苑の想いなど、ジェラルドは見透かしているのだ。それに、彼に反発するのは自殺行為だ。ベッドの上で逆襲されるだけなのである。

寝室で二人きりになった途端、ジェラルドは激しく求めてきた。

濃密なキスに頭がくらくらした。舌は滑らかに絡め取られ、幾度となく蕩けさせられてしまう。

夢中で応じているうちに、紫苑の身体はベッドに押し倒されていた。

唇が離され、互いの吐息が乱れる。

獣のような瞳が、見下ろしていた。麗しい人の、乱れた胸元にどきりと鼓動が跳ねる。なんて妖艶なのだろうか。

「私に欲情しているのか？　素直だな。ならば、どうやら躾は成功のようだ」

「そういう言い方、しないでよ」

「おまえは可愛い。ずっと拗ねていればいい。私が何度でも、なだめてやろう」

ジェラルドは悪戯っぽく微笑を浮かべる。

それから、さっきからぎちぎちに感じていた紫苑の秘めた欲望へ、手を伸ばしてきた。

びくっと全身に震えが走った。ジェラルドの唇が首筋へと這わされ、耳に熱い吐息がかかる。

「身体が震えている。怖いなら、無理をしなくともよい」

「そういう、わけでは……」

と、口走って、紫苑は唇を嚙む。

むしろ逆だということを知られるのは、自覚があっても恥ずかしい。

「ならば、催促……と、捉えようか」

ジェラルドが耳元でそう囁く。

「あっ」

膨れ上がった亀頭を虐めるように、ジェラルドの節くれだった手が絶妙な強弱をつけて責めてくる。

その指の刺激は的確に紫苑を追い詰めた。

「は、あ、はぁっ……」

与えられる愉悦にこらえきれなくなり、先端から雫が滴っていく。身体の震えが止められない。ちょっとでも気を抜けば、きっとふきこぼれてしまうだろう。簡単に陥落する男だと思われたくなくて、必死に我慢を重ねるものの、その強がりはジェラルドの巧みな手淫の前では少しも役に立たなかった。

「あ、あっ……いやだ、ジェラルド」

理性では抗えなくなってきて、紫苑は声に出していた。

「可愛い奴だ……悶えて、欲しがっている……ここもな」

そう言い、ジェラルドは容赦なく、その手で、紫苑を翻弄する。

「は、あ、っ……だめ、ったら……出るっ」

涙をこぼしながら、紫苑は必死に訴える。びくびくと身体を震わせながら、唇を噛んだり、シーツを握りしめたり、気を逸らそうとする。

だが、ジェラルドは一向に愛撫をやめる気はないようだ。淫らな責め苦に悶えながら、紫苑はジェラルドの手を捕まえる。

「そんな、したら、だめっ……」

「手をどかすんだ、シオン」

「いや、だ……っ」

「であれば、こうするほかにあるまいな」

突然の感触に、びくんと跳ね上がる。ジェラルドの唇がみぞおちをすべっていくのを感じた。そして、生温く湿った彼の口内に包まれていたのだ。舌がねっとりと這わされ、裏筋をくすぐられ、手で扱かれていたとき以上の愉悦に頭の中が真っ白に染まりかけた。

「は、あっ、だめっ……やだっ……あっ、もう出るっ……んぅっ」

抗いきれない激しい衝動に掻き立てられ、臀部《でんぶ》を引こうとするが、ジェラルドのたくましい腕がそれを阻止する。そのまま激しく絞られ、紫苑はどうすることもできないまま絶頂へと上り詰める。

「あ、ああ——っ……はっ……うぅっ……ああっ」

達した瞬間、白濁した体液がほとばしり、汗ばんだ肌をすべっていく。むんとした青くさい匂いが漂う。この世に禁断の果実があるとしたら、その禁断の匂いだ。

「ひどい……だめだって言ったのに」

「可愛い花嫁だ」

ジェラルドは言って、ひたすらに甘やかす。皇帝としての彼は冷徹だが、二人でいるときは別人のように甘い。

「俺ばかり……は、納得いかない、から」

言い訳をしながら、ジェラルドの膨れた肉棒をそっと手の中におさめた。当たり前だが、体格も違えば質量も違う。ただ触れただけで脈動が伝わってくる。

「愛して、くれるのか？」

ジェラルドが愛《いと》おしそうに言うのが、たまらなかった。

「上手には、できないと思うけど」

「よい。たどたどしいおまえの姿を見るだけで、私は滾《たぎ》るのだから……伝わっているだろう？」

硬く張り詰めたジェラルドの屹立に触れながら、紫苑はずきずきと甘い疼きを感じていた。

最初はおそるおそる触れていた。されるのとするのでは大違いだった。どうしたら感じるのか、ジェラルドがしてくれたようにしようとしても器用にはできない。ただ、彼を愛したいという気持ちだけだ。この手で、唇で、舌で、そうして愛しているうちに、再び、熱が高まってくるのを紫苑は痛いくらいに感じていた。

「もっと、私を感じたいか？」

ジェラルドが囁きかける。彼にはお見通しのようだった。そして、彼が言わんとすることを、紫苑は理解したつもりだ。

もっと、この先の関係を、彼は望んでいるのだろう。

「……でも」

躊躇《ためら》う紫苑に、ジェラルドが背面から、覆いかぶさってくる。彼の指が秘孔をぬるりとなぞった。

「ひあっ」

紫苑は思わず弓なりに背を反らし、喉を突き上げる。ここに受け入れるということなのか……そう思うと、期待と不安とが入り交じって、鼓動が速まっていく。

「おまえが、つらくなるようなことはしないつもりだが……」

そう言いつつ、

「……っ信じない」

紫苑は言って、シーツを握りしめた。

するとジェラルドはふっと息をついたあと、紫苑の腰を引き寄せた。

「では、ひどい……という以上に、よくしてやろう」

そう言い、先端を蜜口にねじ込んだ。

「あ、ああっ……っ！」

「……狭いな。壊しそうだ」

そのジェラルドの声色は、揶揄するためのものではなく、本当につらそうだった。

「くっ……」

紫苑は思わずシーツを握る手に力を込めた。摑んでぐっと身体に力を入れていなければ、身が砕かれてしまいそうだったからだ。

「力を抜かなければ、おまえが苦しくなるだけだ、シオン」

「わか、ってる」

拓《ひら》かれるにつれ痛みが広がり、貫かれるとその痛みが甘く疼く。

つらいのはジェラルドも一緒ではないかと思う。だからこそ力を抜こうとするのだが、圧迫感に負けてどうしても力んでしまう。

「……っシオン」

優しく名前を呼ばれるだけで、全身が灼《や》けるような熱を帯びる。繋がろうとして、なかなか一つになれないもどかしさで目頭も熱くなった。

「は、あっ……くっ……ん」

ゆっくりと抽送がはじめられ、優しく断続的に中をほぐされていく。苦しくて痛い。最初はただそれだけだった。けれど、ジェラルドを近くに感じられる。彼の息遣いも、魂も、彼自身のぬくもりも。今まで以上に自分の側にいてくれている。そう思うと、感傷的になってしまい、涙がこみ上げてくる。

「私が中にいる……感じられるか？」

律動が加えられ、はっきりとジェラルドを感じていた。何度も、何度も、優しく穿《うが》たれて、その感触をずっと味わっていたいと思った。

「あ、ジェラル……ド……ん、あっあっ……いっ」

「痛いというなら、無理にはしない」

「ちが、っ……の。もっと、いっぱい、俺を責めて」

気づけば、自分からそう言い募って、よがっていた。

「泣くほど悦《よ》いのだな。それならば、遠慮はするまい」

ずんっと最奥へ押し込まれ、息苦しい痛みに悶えながら、打ち付けられるたびに、自分の存在を刻みつけていく。そうして紫苑は自分の存在意義を必死に探していた。

紫苑は、ずっと自分の生きる意味が欲しかった。だから、こうして誰かに強く必要とされることが、嬉しくてたまらないのだ。愛してほしかった。愛してみたかった。

甘えられる存在が、側にいてほしかった。

ジェラルドはどれほどでも愛してくれる。甘やかしてくれる。それが、紫苑にこの上ない悦《よろこ》びをくれていた。

「今夜は……ずいぶんと乱れる。私の方が……もっていかれそうだ」

今にもはちきれそうになっているジェラルドを感じて、紫苑もまたこみ上げてくる情動が抑えられない。二人の腰がコントロールを失ったみたいに近づいては離れ、その距離が詰まっていく。

今は余計なことを考えなくていい。このまま溺れていたい。

「っ……」

ジェラルドの乱れた息遣いに誘われ、紫苑はビクビクと身体を震わせた。

「はぁ、っはぁ、……ああ、あっ――っ」

気持ちいい。今は流されたっていい。このまま何も考えずに、来たるべき時まで過ごせればいい。


――その日から紫苑は、ジェラルドの寵愛という名の甘い檻の中に、すっかり身を預けるようになった。

躾られたのだろうか。懐柔されてしまったのだろうか。悔しいけれど、反発したところで、為す術がない。考えたって解決する策がないのだ。

もがいてもただ苦しむだけだ。それならいっそ、時がくるまでは自由に、怠惰に、堕《お》ちていたっていいじゃないか。

いつかは帰れるだろう。大丈夫だ。そういう夢を見よう。今は、煩わしい能力に悩まされる現実から逃れ、愛してくれる人の腕に溺れていたっていいだろう。

＊＊＊

毎日、毎夜、昼夜問わず、――淫蕩《いんとう》に耽っていた日々は楽だった。

ジェラルドは紫苑を大事にしてくれる。

何も考えずに生きて、愛されて、眠って、その繰り返しだ。このままでもいいかもしれない、と思考が傾きそうになる。それこそがジェラルドの狙いなのだろうか。

そうしているうちに外交官が戻ってきたことを知らされた。

紫苑は最後の賭けとして、日本のことを尋ねた。しかし外交官ははっきりと「そんな国は聞いたことがない」と言った。

「そんな……」

一縷《いちる》の望みは、そこで打ち砕かれた。

（ああ、もう……元の世界には、戻れないのかもしれない）

紫苑の持ち物も結局、どこにも見つかっていない。黒装束の者たちを疑ったが、ジェラルドから指令を受けたオーレリアンが調査をしてくれ、彼らはどこにも隠していなかったと判明していた。

だから、外交官が最後の頼みの綱だったのだ。

（もう、終わった……）

自分を証明できるものは何一つない。そして、帰る手段もない。それが決定された。

これからどうすればいいだろう。

部屋で呆然としていると、ジェラルドが紫苑の肩に手を置いた。

「まだ、やれることはあるかもしれぬ。そう落ち込まずともよいだろう」

「期待を抱くだけつらくなるんだよ。それに、貴方は言ったじゃないか。俺が、ここに残っている方がいいって」

「そうだが」

心配そうな顔をしているジェラルドに、紫苑はしがみついた。

「お願い、いつもみたいに、めちゃくちゃに抱いてほしい」

自分の存在を確かめたくて、求めてくれる彼に証明してほしくて、紫苑は必死に言い募った。

「シオン……」

「不安なんだ。俺が、俺じゃないみたいで……ここに俺がいる意味が欲しいんだよ」

「意味ならば、あるだろう。ここにいる限り」

なだめるように抱きしめてくれる腕にしがみつき、紫苑は駄々《だだ》っ子のように、もっと抱いてほしいと縋った。

ジェラルドが紫苑を抱き上げ、ベッドに連れていく。いくら紫苑が華奢とはいえ、男だ。重たいだろうに、ジェラルドはものともしない。そのたくましい腕に、もっと強く抱きしめられたい、と紫苑は思った。

キスを重ねながら、お互いの着ているものを脱いだ。素肌が触れ合い、高めの体温に包まれると、自分が生きていると実感ができる。

貪るように口づけを交わしながら、ジェラルドが紫苑の熱を手の中に包んだ。

ジェラルドの昂った屹立が触れるのを感じて、紫苑は飢餓感を抱いた。

「ジェラルド、して、もっとして。深いところに……欲しい」

ジェラルドに求められるまま応じるのではなく、紫苑がそうして自分から望んだのは初めてだった。

泣いたように濡れた紫苑の目を見下ろし、ジェラルドが密着していた身体を離す。それから、紫苑を背面から抱きしめた。

ジェラルドの唇が、紫苑の耳に触れる。そして、小刻みに痙攣《けいれん》する紫苑の秘孔に、ジェラルドの張り詰めた切っ先があてがわれる。

「ああ、おまえが欲しがるだけあげよう」

先端からゆっくりと埋められていくにつれ、ぞくぞくと身体が震えた。

「ん、あ、ああっ……」

甘い愉悦、激しい衝動、溺れて、甘えて、満たされて、そして時間を忘れて過ぎていく。

今の紫苑が何より求めているのはジェラルドだ。そしてジェラルドとの繋がりだった。

「は、あっ……あっあっ」

根元までいっぱいに埋められる苦しさを半身で痺れるように感じて、生きていると実感を抱く。

「シオン……私だけのものに、なればいい」

耳のところで誘惑の声がする。自分を守ってくれる守護神でありながら悪魔のような君主様。この人のそばに居続けていいだろうか。

「つああっ……ジェラっ……ルドっ」

潤んだ中を掘削《くっさく》しながら、ジェラルドは紫苑の昂った肉棒を絞り上げた。割れ目からはぽたぽたと蜜がふきこぼれる。

与えられるままに、ジェラルドを感じながら、紫苑は一つの欲求を抱く。

「一緒に、イきたいよ……お願い」

「……っ……」

ジェラルドは自身を引き抜き、紫苑を仰向《あおむ》けに寝かせた。

「ジェラルド……？」

「おまえの顔が見たくなったのだ」

そう言い、ジェラルドは愛おしい者を見るように、紫苑を見下ろした。

「ん、見ないで……みっともないから」

「そんなことはない。私だけに、見せていてくれ」

ジェラルドは言って、紫苑の腰の下に枕を差し入れ、その拍子にあらわになった蜜口へ再び彼の肉茎を挿入する。ずぷずぷ……と、卑猥《ひわい》な水音を立てながら、最奥へと穿たれた。

「っああっ……」

紫苑は思わず仰《の》け反《ぞ》った。その弾みで、痛いくらいに張り詰めた彼の屹立が天を仰ぐ。それを、ジェラルドは優しく握りしめ、悠然と腰を動かしはじめた。ゆっくりとこすり上げられるたびに、甘美な愉悦に身悶え、紫苑は泣きそうになりながら喘いだ。

「……イっちゃうっよ……ジェラルド」

合図のように、紫苑は言った。

「一緒だろう？　わかっている。私も、すぐだ……」

そう言うジェラルドの声が、微かに乱れていた。彼も感じてくれているのだと思うと、紫苑はますます昂ってしまう。

労《いたわ》るように続けられていた律動が、理性を失ったのか荒々しい抽挿に変わった。激しく臀部を打ち付けられ、紫苑はたまらず喘いだ。

「は、あっ……あ……んっ……」

断続的に、穿たれる感触が、ずっと感じていたいくらい気持ちがよかった。けれど、永遠に続くわけではないなら、せめてできるだけの長い時間を共有したい。

「ジェラルドっ」

「……は、シオン……っ」

ジェラルドが気持ちよさそうに目を細める。そんな表情を見たら、紫苑はたまらなくなってしまった。細胞の隅々に至るまで、愛おしさでいっぱいに溢れ、我慢なんてできそうになかった。

「ねえ、一緒に……お願いっ」

「ああ、……わかって、いる」

ぐっと、ジェラルドの腕に力がこもった。鼓膜に響いてくるのは、互いの息遣いと、淫らな打擲《ちょうちゃく》音だけだ。ぞくぞくと駆け上がってきた愉悦に、まるで絶壁へと追い立てられるような心細さに陥った。刹那、ぶるっと震えが走った。ジェラルドのものなのか、自分のものなのか、紫苑はもはや判別がつかなくなっていた。

「う、あぅ……んん、ああっ！」

「……くっ……っ」

目の前が真っ白に染まった。びくんびくんと紫苑は激しく痙攣した。思考はストップし、熱い奔流がほとばしっていくのだけが、意識の外で感じられた。

混沌とした白い世界をさまよいながら、紫苑の腹部に、自身が放った体液と、ジェラルドが放ったそれが、混ざり合ってすべり落ちていく。紫苑はしばらく陶然として、その様子を見ていた。

達したばかりのジェラルドの表情は、匂い立つような色気に満ちていて、紫苑はドキドキした。自分だけが感じていたわけではないとわかって、嬉しかった。

(本当に……俺が、ジェラルドの花嫁になれたらいいのに)

叶わないとわかっていながら、紫苑はそんなことを願ってしまっていた。

それからも、毎日毎晩ずっと。時間さえあれば、一緒にいた。

ジェラルドは政務で忙しいのに、紫苑のために、合間を縫って、いろいろな場所に連れ出し、話し相手をしてくれた。そして、大事に愛してくれた。

不安定な紫苑を支え、脆《もろ》い精神を繋ぎ止めてくれているのは、紛れもなくジェラルドだ。

ここに残ったままでいることに、紫苑は覚悟が定まっていない。どこか後悔や、疑問や、未練がある。元の世界に戻ることを、諦めていいのだろうかと自問自答もする。

けれど、時間が経過すればするほど、その決意や意思は揺らいで、こちらの世界に染まっていく。

彼の腕の中は気持ちがいい。いいじゃないか。もがくのはやめてしまえば。守ってくれる人の胸に飛び込んでしまえば。この世界に、この人に、溶けてしまえば。

ただ身体を繋げるだけではなく、この心ごと染まりきってしまいたい。そんなふうに焦がれるような……つまり紫苑は、いつの間にかジェラルドに恋をしてしまっていたのだ。

＊＊＊

（恋って、どうかしてる）

「はぁ……」

紫苑はため息をつく。

いつから自分は激情型の人間になったのだろうか。もう少し冷静に考えられるようになりたい。

ジェラルドとの情事のあと、紫苑は痛む腰を押さえながら、自己嫌悪に陥っていた。いわゆる賢者タイムである。

ジェラルドが甘いから、いつも流されるがままになってしまう。知らない世界の歪《ゆが》みに抗うよりも、守ってくれる彼の甘さに身を委ねる方がずっと楽だからだ。

けれど、一人になったときに、やはり心許《もと》ない気持ちになり、自分の居場所について考え込んでしまう。女神だ生贄だといわれるが、何ができるわけでもない。唯一の自分の特異体質だった共感覚という能力も消えてしまった。自分が勉強してきたことすら役に立たない。ただの穀潰《ごく》しではないか。

あの文庫本は相変わらず、紫苑の怠惰さをあざ笑うかのように、日記の続きを勝手に綴《つづ》ってくれる。不気味で不愉快だから、もう二度と見るまいと思っている。

(もう、やめやめ!)

考えれば考えるほど落ち込む。自分の無価値さにはがゆくなる。

気分転換に紫苑が出向くところといえば、薔薇園である。甘い香りが漂うその場所にいると、淫蕩に耽っていた自分の浅はかさをひっそりと隠して、紛らわしてくれる気がしたのだ。

「シオン様!」

と、しばしぼんやりしていたところ、誰かの声にハッとする。振り返ると、ロイクがずんずんと摑みかかってくる勢いでこちらにやってくるではないか。

一体、何があったというのか。

「シオン様のおかげで、私はあらぬ疑いをかけられましたよ」

「え？」

紫苑はぽかんとする。

ロイクがひどく憤慨している。その意味がわからない。そして彼をじっと見つめ返すと、ぽうっと頬を薔薇のように染める。怒っているのか照れているのか、彼の感情はいつも忙しく賑《にぎ》やかで、一色ではない。何かを伴っている気がする。視えそうで、視えない。

相変わらず、共感覚は取り戻してはいないから、真実は探れない。率直に問うほかにない。

「なんの疑いですか？」

「そ、それは……ですね」

ロイクの歯切れが悪い。それに、ますます顔が赤くなっていく。

思い当たる節のない紫苑が首を傾げていると、風のざわめきと共に、別の人物の声が割って入った。

「シオンを問い詰めたところで、どうなるわけでもないだろう」

やや呆れたような、どこか面白がっているような声色だ。その人物とは、さっきまで一緒にいたジェラルドである。

まったく話が見えない。

「一体、なんですか？」

紫苑はジェラルドとロイクを交互に見た。ロイクに限ってはそっぽを向いている。事情はジェラルドに問うしかない。

「このところ、おまえが私の腕の中であまりにも乱れるものだからな。もしや誰かに媚薬を盛られているのではないかと、心配するのは当然のことだ。おまえと接点がある人間に確認していただけだ」

真顔でジェラルドは言った。彼らしくもなく拗ねている様子である。

「は……？」

紫苑は唖然《あぜん》とする。

「そ、そんなこと、私がするはずもありません。なぜ、陛下との仲を取り持つようなことをしなくてはならないのです」

ロイクは声を荒らげた。いつも以上にかっかしている様子である。

「シオンに気があるように見えるのは、私の勘違いかと思ったのだが、その言い分だと……不服のようであるな」

ジェラルドが疑いの目をロイクに向けると、ロイクは狼狽《うろた》えはじめる。

間に入ろうとするが、二人の会話に隙が生まれず、紫苑は右往左往するだけだ。

「なっ何をおっしゃるのですか。そんなことあるはずもありません。た、ただ、素敵な方だと、憧れているだけです。らしくありませんね。嫉妬でもされているのですか」

「ふむ。そうか、嫉妬か」

ジェラルドは閃《ひらめ》いたような顔をする。

「ご自覚がないのですか。呆れました。とにかくそういうことですから」

ロイクは言い捨て、真っ赤な顔をして立ち去った。

ジェラルドと二人きりになってから、紫苑は苦笑いする。

「なんなんでしょう。憎めない方ですね。っていうか、陛下も意味がわかりませんけど」

「シオン」

「はい？」

「私は初めて、嫉妬という感情を覚えたのだ」

突然、ジェラルドがまるで台本を棒読みするかのようにそう言った。

「え？」

紫苑はぽかんとしてジェラルドを見た。まるで子どもが初めてできたことを親に報告するかのような無邪気な表情を差し向けてくるのだ。しかも感動したように瞳を輝かせている。ほんとうに意味がわからない。前々から思っていたのだが、ジェラルドには少しだけ天然な部分もあるようだ。

「あの……？」

若干、引き気味に紫苑はジェラルドを見つめた。しかしジェラルドは素のままらしい。

「おまえがいると思うと、政務にも精が出る。女神というのは本当なのかもしれぬな」

と、自分で口にして自分で納得していた。飾らない微笑みを向けられ、紫苑は体温が上がるのを感じた。女神という名前だけのお飾りだと嘆いていた自分が恥ずかしい。胸の奥がくすぐったいようなざわめきを感じて、頬にまで伝播《でんぱ》してしまう。

「そんな。俺……私は」

照れているのを悟られたくなくて、紫苑は思わず視線を外した。女神というのは、喜んでいい言葉ではないはずだ。少なくとも、紫苑にとっては。それなのに、ジェラルドがくれる言葉だと思うと、どうしてこんなに胸が熱くなるのだろうか。

「おまえは、なぜ帰りたいと願う？」

ジェラルドの問いに、紫苑は我に返った。

「それは、当たり前じゃないですか。あなたが俺の立場だったらどう思うんですか。急に別の世界に投げ出され、周りに知っている人間もいない。衣食住、文化が違う。そういう不安だってある。これから大学の単位をとって就職をして、それで……って、自分なりに描いていた未来があったんですから」

その未来はもうこない。ここにいるしかないのなら、現実を見つめて新しい未来を作らなければならない。だが、ことはそう簡単には受け入れられない。紫苑は今、自分の目標を見失っているところなのだ。

「元いた世界を愛していた。だから未練があるということか？」

「……それは」

もちろんそうだ、と断定はできなかった。

矛盾しているのは自分でもわかっている。要らない体質、共感覚という能力を授けられた元の世界は生きづらかった。そんな世界に落胆していた。だからといって、こんな突飛《とっぴ》な世界を望んでいたわけではない。気休めに読書をして空想に耽り、癒やされていたかっただけだ。

平凡でいい、穏やかな暮らしがあればそれでよかった。極力、他人と関わり合うことなく、ルーティンワークをこなし、自分一人の世界を生きていく、それを望んでいた……はずだったではないか。

それなのに、ジェラルドの瞳を見つめ返すと、すんなり言葉が出てこない。彼に甘えきっている自分を丸裸にされているような気持ちになってしまう。

「と、とにかく、意味もなく、別の世界の人間が紛れていていいことにはならないと思います。世の中、なんでもいいことばかりが起きるわけじゃないですよ。俺がこうしていることで、むしろよくないことがあるかもしれない」

女神ではなく生贄にするはずだった、と神官たちの目論見《もくろみ》を以前に聞いたことを紫苑は思い返していた。

「おまえの言い分もわからないわけではない。私とて愛しいおまえの願いを叶えたいという想いはある。けして、ないがしろにしているわけではないのだ」

その言葉どおりに、ジェラルドは愛おしそうに紫苑を見た。そういうジェラルドの眼差しに、紫苑はどうしても弱い。

自分がここにいる理由はわからない。そんな中で、紫苑に生きる意味があるとしたら、側にジェラルドがいるから。ただそれだけだ。

「……ずるいですよ」

「ああ。そうでなければ、王は務まらん。狡猾《こうかつ》さと賢さが必要だ」

ふっと笑みをこぼすジェラルドを見て、紫苑は悔しい気持ちになる。堂々と言えるだけの立場にある彼が眩しく、そして許される彼が羨ましい。

「シオン……わかっているだろうが、我が国は現在危機下にある。女神に頼りたくなる気持ちは、神官たち以上に私の中にもあるのだ。おまえを簡単には手放したくない」

「俺は、ただの象徴でしょう？　頼りになる宰相殿だって、騎士団だっているんだし、贅沢《ぜいたく》ですよ」

ジェラルドに情を移してはだめだ、と紫苑は自分の中に芽生えつつある想いを否定するべく、そう言い放った。

「ああ。私はとても恵まれている。ついてこようという者たちの鏡でいなければならない。弱音を吐いている時間はない。だからこそ……紫苑、おまえといるときが、私のかけがえのない休息だ。だから、これからも私の側にいてほしい」

この人は帝国を背負ってきた人物。それでも、まったくの鉄の人間というわけではないのだろう。君主として寂しさもあったかもしれない。弱音を吐ける場所がない、そんな苦しさは、紫苑にもわかる。元の世界にいた自分はそうだったのだ。

何より、頼ってくれるこの人を無下にはしたくないと思っている自分がいる。

「……っ」

決意が脆く壊れそうになるくらいに、今のは効いた。こういうのを母性というのだろうか。男同士にそんなものがあるのだろうか。

たとえるのなら、大きなライオンが眠った途端にただの猫になったような、そんな無防備な姿をジェラルドは紫苑だけに見せてくれる。心を許してくれたという以上に、愛着を持っていてくれるのなら……邪険になんてできないじゃないか。

「契約ですから、側にいなくてはならないのはわかっています」

「ああ。我ながらよい契約だった」

ジェラルドは追求せずに、ふんわりと微笑んだ。その清らかな甘い微笑みを、紫苑はあえて見なかったふりをした。

しかし鼓動はいつも正直だ。忙しない速度を奏ではじめる。

誰かに必要とされることは、こんなにも気持ちがいいことなのか。こんな感覚は生まれて初めてだ。

自分が自分である意味を持つことは、こんなに嬉しいことだったのか。

「——帰りたい」

政務があるからと立ち去ったジェラルドを見送った紫苑は、一人になってから不安になって口にしてみた。

もしも帰りたくないなどと一瞬でも思ってしまったら、もう二度と戻れないような気がしたからだ。

しかし、現実に戻ったとして、自分はどう生きていくつもりなのだろうか。生きづらい世の中に放り出され、淡々と日々を食いつぶしていくだけ。

ここならば、ジェラルドの腕の中にいれば、守ってもらえ、居場所を与えられる。愛してもらえる。

紫苑の心の中は複雑に揺れていた。

＊＊＊

「やぁ。迷子のシオン様」

部屋に戻る道すがら、誰かに呼び止められた。

振り向けば、アルフォンスがひょっこりと顔を覗かせていた。

「その呼び方は……ちょっと」

紫苑は顔を引きつらせる。

「ほんとのことでしょ。陛下に拾われたんだから」

アルフォンスが悪びれもせずそう言い、悪戯っぽく笑う。たしかにそれは事実なので、紫苑はただ肩を竦めるだけだった。

アルフォンスの背後には宮廷楽士の姿があった。たしか、カミーユといったか。そのカミーユは、結った長い髪をひらりとなびかせ、こちらを振り向かずに行ってしまう。挨拶くらいしてもいいのに、いつも彼は人と関わろうとしない。ここに来てから何回か見かけているものの、一度も声を聞いたことがない。

「ああ、カミーユ、また明日」

と、アルフォンスが声をかけると、カミーユは手を振った。どうやら彼らは游び終わったところだったらしい。

それにしても毎日のように一緒にいるなんて本当に仲がよいのだな、と感心する。紫苑には親友といえるような相手がいないので、羨ましいというよりも、どうしたらそこまで他人と一緒にいたいと思えるのかが、不思議だった。

珍獣を見るような目を差し向けていた紫苑に、アルフォンスが急にずいっと身を寄せ、迫ってくる。

「ねえ、シオン様は、どうして兄上が好きなのかな」

小首を傾げつつ、アルフォンスが顔を覗き込んでくる。

紫苑は驚いて、若干身を引いた。

「え、どうして……と言われても」

「なんでも理由があるものでしょう?」

たしかに彼が言うことも理解はできるが、

「理由がない場合もありますよ」

と、当たり障りなく答えた。

「ふうん。哲学的な話は好きじゃないし、わからないなぁ」

アルフォンスが困ったような顔をする。

そう言われても、紫苑も参ってしまう。別に哲学的な話でもなければ叙情的な演出でもないのだが。

「もう、鈍いね。何が言いたいかわかってないんだ」

と、アルフォンスがじれったそうに膝を叩《たた》く。

「え？」

むしろ誰より敏感な体質なので、鈍いなんて言われたのは生まれて初めてだ。

「そういうことじゃないよ。毎日べったりくっつくほど好きなのに、たくさんの妾を囲うような人でいいの？　僕だったら、一人のお姫様を可愛がるよってこと。さっきから口説いてるんだけど？」

そう言い、アルフォンスが紫苑の手を握ってくる。

「あの、ちょ……やめてください」

（そっちの意味か……!?）

紫苑は突然のことに慌てふためき、周りを気にする。だが、アルフォンスは悪戯っぽく笑いながら顔を近づけてきて、艶《なま》めかしく声を潜めた。

「いいじゃないか。兄上だって相手はたくさんいるんだから。もっと欲張りになったらいいんじゃないの？　女神の特権を使って、さ。両手に花を持ってもいいじゃない」

「それでも、俺……じゃなくて、私は、陛下のお側にいなくてはならないんです」

「僕は規則とかそういうの好きじゃないんだ。思うままに、自由に、縛ることだってしないし……されたくない」

「な、なら、俺……私とは相性が合いません。私は……好きな人には束縛されたいですし、陛下が、や、やきもちもやきますから」

さっきのジェラルドの様子を思い返しながら、必死に紫苑が言い募ると、アルフォンスはきょとんとした顔をしたあと、ぷっとふきだした。そして盛大に声を立てて笑い転げる。

「な、何がおかしいんですか」

「やきもち、か。可愛いなぁ、シオン様。ちょっとからかいたかっただけなのに、大真面目に答えるんだもの」

やきもちというのはけっして嘘ではないのだが。

「か、からかうとか。大人をからかうものではありませんよ」

「あれ、見た目で判断はよくないよ。僕、年齢的には、シオン様よりもずっと大人ですけど？」

「そ、それはそうですが、そういう問題ではありません」

「まあ、いっか。気が向いたら、いつでも僕と遊ぼうよ。どんな遊びでも付き合うよ」

「遊びません」

「そうと言わずに、ね。いろいろ教えてあげてもいいよ。気軽に声をかけてね」

アルフォンスは極上の笑顔を残すと、じゃあ、とあっさり引き下がって立ち去った。

「はぁ……」

結局、アルフォンスは何がしたかったのか。

人懐っこいタイプが、紫苑は前から苦手だった。飄々としていて調子よく人を惑わし、自己中心的で、使えると思った人間を都合よく利用する世渡り上手……そういう人間をよく知っている。この異世界にトリップする前に、大学の講義のあとでトラブルを起こしていた男もそうだった。

アルフォンスの場合はもっと、小悪魔的な、魔性の魅力があるけれど。

しかしなんだか煙《けむ》に巻かれたような気持ちだ。

疲れた。紫苑はため息をつく。

この世界は自分に都合よく、モテるようにできているとか？

（だとしたら、ほんとうに……都合のいい話だな）

愛されたいとは願ったが、誰にでも愛されたいとは思わない。ただ一人、深く愛してくれる人がいてくれればいい。それも日本人の美徳が染み付いているだけで、この世界では稀有《けう》なことなのだろうか。

妾……紫苑はアルフォンスの言葉が引っかかっていた。

ジェラルドは、今は紫苑を可愛がっているが、妾を用意すると言っていた。無論、君主に世継ぎは必要不可欠。そうなったときに、自分はどうしていればいいのか。どうなっているのか。

（ジェラルドが他の人と……）

相手の性別を問わず、いやだと思う。ずっと一緒にいてほしい。そう願ってしまう。

ずっと……なんて、あるはずがないのに。

そう、永遠でいられるものはない。何事もいつかは終わりがくる。たとえばこの世界が、どこかの知らない国でも、たとえば本の中でも、夢の中でも……人が生活を営み、未来を築こうとする世界には、今日があり明日がある。そして突然、終わってしまう命だってあるだろう。自分は一体どう生きていけばいいのだろう。

腹の中がもやもやと重たくなってくる。

考えすぎると気持ちが悪くなるからやめた。

「あれには気をつけなさい、と陛下から言われませんでしたか」

辛辣な声にハッとして振り向く。そこには冷徹な表情を浮かべるセザールの姿があった。

「宰相殿。すみません」

紫苑がかしこまると、セザールは気だるそうに眼鏡の縁をすっと上げ直した。

「よいですよ。セザールとお呼びください」

「……で、では、セザールさん、私に何か御用でしょうか」

「護衛をつけないでうろうろしてはいけませんよ。いつも、こっそり抜け出しているそうですね。オーレリアンがいないときでも、必ず側に誰かを置くことです。ヨハンはどうしましたか」

セザールの目の奥が冷たく光る。こういうときは逆らわない方がよい。紫苑は素直に謝ることにした。

「ごめんなさい」

「私があなたに話しかけたのは、そのことを言いたかっただけです。あなたの存在は、王位継承権に関わることかもしれません。当然ですが、狙っている者がいてもおかしくありませんし、国内外問わず、今は疑心暗鬼にならざるをえない状況なのです。よそからきたあなたが勝手なことをすれば、陛下が迷惑を被《こうむ》ります」

そのとおりだから、返す言葉がない。

「すみませんでした」

紫苑は素直に謝った。

「わかればよいのです。何も縛り付けたいわけではありませんから」

「はい」

厳しいことを言うようで、やさしさも兼ねそなえている。こういう人間が一人は必要だな、と紫苑は内心思った。

「それと、いつまでその悪趣味な女装をするつもりです？」

セザールが舐めるように紫苑を見た。

「え？」

言っている意味が、紫苑にはよくわからなかった。

今、悪趣味な女装……と言われた気がしたのだが。

すると、セザールはさらに続けた。

「好きでそのような姿になっているのなら何も言いませんが」

「でも、俺が……男だって知られたら」

声を潜めてしどろもどろになる紫苑をよそに、セザールはため息をつく。

「そんなこと、今さらの話です。これは……陛下のお遊びに乗せられましたね。せいぜい腰を抜かすのは、純情をこじらせているロイクくらいでしょう」

それでは失礼、とセザールは言い捨てて踵を返した。

紫苑は唖然とする。

（え？　どういう意味？）

それはつまり、女装していた意味がなかったということだろうか。

「そんな……」

ジェラルドが言っていたことを思い返す。

『おまえは私の花嫁に変わりはない。だが、あえて女装をする必要などないとわかったのだ。神職者たちに告げたように、いずれ周りにも私は男色家であることを認めよう』
いずれ、というのはなんだったのか。
最初からする必要などなかったのではないか。
（はぁ!?）
じわじわと怒りがこみ上げきた。
おかげで、真剣に悩んでいたことが一気に吹き飛んだ。
これはジェラルドを問い詰める必要がある。
紫苑は、今か今かとジェラルドの政務が一段落するのを待つのだった。

＊＊＊

その日の夜、寝室で二人きりになってから、紫苑はさっそくジェラルドを問い詰めた。もちろん何も身につけていない普段の姿で、だ。

「聞きました。俺。大事なことを」

「大事なこと？　なんだ。今夜はずいぶんとご機嫌ななめではないか」

甘やかすように抱きしめてくる腕から、紫苑は逃れる。

「つれない花嫁だな」

ジェラルドは寂しそうに言う。

一瞬、母性本能的なものをくすぐられるが、拗ねた顔をされても、絆《ほだ》されるまい。紫苑は心に決めた。

「ドレスについてお伺いします。これは、陛下の『ただの趣味』ですか？」

紫苑が単刀直入に切り出すと、ジェラルドは一瞬ぽかんとした顔をしたあと、ふっと笑った。

「ああ。さては、セザールあたりにでも指摘されたのであろう」

悪戯が見つかった少年のような表情を浮かべるジェラルドを見て、一瞬ときめいてしまった自分が情けない。

紫苑は顔を真赤にして、ジェラルドを非難する。

「ひどい。この姿も、楽ではないんですよ！　わかりますよね？　ぎゅーぎゅーに締め付けられて、息をするのもやっとで。慣れましたけど……慣れるまでが本当に大変だったし、周りにいろいろと気を遣わないといけないし、とにかく大変なんですよ」

身振り手振りで必死に説明する紫苑に対し、ジェラルドはどこ吹く風といった態度だ。

「愛らしいと思ったのだから仕方ない」

と、あっさりとした返答に、紫苑はますますムッとして語気を強めた。

「それでは困ります！」

「わかったわかった」

と腕を引っ張られ、紫苑は不覚にもよろめいて、ジェラルドに抱きすくめられてしまう。

「ちょっ……俺の話を真剣に聞いてください」

身じろぎするものの、まったく効力はない。

「ああ、聞き入れよう。では、今後は『ありのままに』……愛し合おうか」

優しく唇を奪われ、紫苑は目を丸くする。

「んんっ……んっ」

首を横に振ろうとしても、ジェラルドの唇が追いかけてきて、言葉を封じた。

そうしてなだめるように口づけを続けられるうちに、身体は勝手に熱くなる。だんだんと抗う気持ちが奪われ、別の欲望が膨らみつつあった。それが伝わったのか、ジェラルドはふっと口端を引き上げ、目元を緩ませた。

「ん、ずるい……っ。そうやって、ごまかそうとしてる」

「もっと、深く、絡ませて……舌を噛まないように」

「ん、ん……っ」

舌が搦《から》めとられ、蕩けるような濃密なキスへと変わっていく。

力強い腕の中で、紫苑はまた、めくるめく官能の渦に飲み込まれていく。

部屋に密やかに響いていた衣擦《きぬず》れの音は、やがて唇を重ね、互いを愛する瑞々《みずみず》しい音へと代わっていく。いつの間にか、紫苑はジェラルドに服を脱がされ、そしてジェラルドも身につけているものをすべて脱ぎ捨てた。

ベッドが二人の重みで揺れる。重ねた肌が熱い。触れた胸からは鼓動が伝わってくる。互いに別の世界の人間。だが、血が通っている。夢と片付けられない、たしかな現実がそこに在る。そして、紫苑自身の想いの形も。

もうそこからは、考えることをやめた。

自分だってジェラルドのことを責められない。彼に愛されるのならば、どんな形でもよいと思いはじめていたからだ。

望むようにしたい。望むようにされたい。

切々とこみ上げてくる想いのままに、紫苑はジェラルドに尋ねた。

「ねえ、ジェラルドはどうしたいの。どうされたいの」

「おまえが、私の腕の中で、悦んでいるのなら、なんでもよい」

本当に、それでいいの？　紫苑は視線でジェラルドに問う。

「なぜ、不満な顔をする」

そう言いながら、ジェラルドが紫苑の背面に覆いかぶさり、うなじにキスをしてきたかとおもいきや、いきなり深く入ってきた。

「ふ、あっ……あっ」

しかし初めてのときとは違って、彼を受け入れられるように馴染んでいく。それでも圧迫されるのが苦しくて吐息をこぼしながら、紫苑はシーツを握りしめた。

「んっ……なっ……急にっ」

戸惑う紫苑をよそに、彼の臀部をジェラルドはしっかりと摑んだ。

「……っ、欲しくなったのだ」

ゆっくりと抽送が繰り返され、耐えがたい圧迫感に、唇を嚙んだ。しかしすぐに、不快感は快感に入れ替わっていく。優しく穿たれて与えられる甘い愉悦に我慢しきれなくなり、紫苑はたまらず喘いだ。

「あっ……んん！　だって……あっ……あっん」

「私はおまえがいてくれたら、それでよい。どんな姿でも、どんな形でも、繋がっていられるのなら」

そう言いながら、ジェラルドは紫苑の内部をみっちりと抉《えぐ》って、突いて、お仕置きともとれるような動きをする。内部を貪る彼の肉茎は、感じるツボを的確に突いて、紫苑を淫らにさせた。

「それ、ばっかり……んっ……ああっ」

紫苑はリネンを握りしめ、淫らな責め苦に喉を反らす。背部からマウントをとられていたら、逃げることもできない。せめて枕を抱きしめて、高く上げさせられた臀部を穿たれる衝撃に耐えることしかできない。けれど、無意識に、紫苑は自分の腰を揺らしていた。

「まだ余裕があるようなら、もっと激しくしてもよいか?」

ジェラルドが意地悪なことを言う。勝手に感じてしまう身体が憎らしい。せめて睨みつけたくても、後ろからじゃ顔も見えない。けれど、顔が見えないからこそ、大胆にもなってしまう自分がいる。拗ねて抗いたい気持ちはあるのに、めちゃくちゃに愛してほしい欲求がそれを超えていこうとするのだ。張り詰めた先端から、ぽたぽたと蜜が溢れ出る。我慢しようとすればするほど、追い詰められて、ますます溢れてしまうから、自分ではもう止められそうにない。

「は、あっ……ぅ……ん……あ、っ」

もっと、ずっと、長い時間、愛されたくて、紫苑は必死にこらえていたのだが、

「シオン、我慢することなんてない」

ジェラルドは言って、紫苑の昂りを手におさめ、上下に扱きはじめた。その動きに合わせて腰を打ち付けられ、紫苑はこみ上げてくる絶頂感に、呼吸を荒くした。その上、割れ目から溢れてきた蜜でぬるぬると裏筋をくすぐられ、突然の甘い衝撃に、臀部がきゅっとすぼまる。ジェラルドを締め付けた内部が、陰茎を抜き差しする感触を、ありありと伝えてくる。

「ん、ああ、あ、あっ、一緒はだめっ……は、んんっ……イくっ……からっ」

いやいや、と紫苑はかぶりを振った。せめて前を弄ぶ手を止めようと、ジェラルドの手を握ろうとした。けれど、彼は離してくれなかった。さらに強弱をつけて紫苑を煽るように淫らに責めてくる。

「イけばいい。あるがまま、私を感じていてくれ」

「や、や、っ一緒にイって。ジェラルド」

紫苑は半泣きしながら、言い募った。

一人きりで達するのはいやだった。一緒に感じ合える時間が欲しい。一人ぼっちではなく、お互いに共有していたい。

「仕方ない。可愛いわがままには、付き合おうか」

そう言い、ジェラルドが腰の動きをよりいっそう激しくする。一方、紫苑の猛った屹立をさらに淫らに手のひらで弄ぶ。外と中を同時に責められるのは、目の前が明滅するほど、気持ちがよかった。

「ふ、ああっん……あああ、っ」

脳が焼ききれるような甘い衝撃に、紫苑は身体を反らした。ぶるりとジェラルドが大きく震えたのが伝わってきて、それが紫苑の絶頂感を手伝う。

「あっ……イ、ぅん……う、ああ！」

そこから先は制御不能だった。びゅるっと勢いよく熱い奔流がほとばしった。

「――っ」

刹那、後孔の中に熱い精を吐き出され、腹部の奥がぎゅっとなる。それは、初めての痛みだった。太い脈動が体内で伝わってくると、彼と一つになれた実感と安堵でたまらない気持ちになった。

「はぁ、はぁ……好き、だよ、ジェラルド」

結局、紫苑はジェラルドには勝てない。悔しいけれど、自分からそう告げたくなってしまうのだ。

「ああ。私もおまえが……可愛くて、ならないよ」

自身を引き抜いたあと、ジェラルドは紫苑を正面に向かせて、優しく唇を寄せてくれた。

激しく求められる時間以上に、汗ばんだ肌を重ねながら、唇を求め合う時間が、紫苑は好きだった。

だから唇が離れていくのが名残惜しい。

「……もっと、してほしい」

言いくるめられた分、せめて甘えることを許してくれないだろうか。

「それは、もう一度、抱いてほしいという意味か？」

唇をついばみながら、ジェラルドが問いかけてくる。

「違うよ、キス、してほしいだけ」

「おまえは、本当に可愛いな」

ジェラルドはふっと微笑んで、紫苑の望むままに唇を甘やかしてくれた。

蕩けるようなキスの感触に、紫苑はうっとりと目を瞑った。

可愛い……そう言って彼はいつでも構ってくれる。だが、好きとは言わない。愛してるとも言わない。

そんなことを考えるのは女々しいだろうか。自分の方が立場は弱く、囲われ、飼われていることを強調されているようで、せつなかった。


翌朝。痛む身体を休ませたあと、ベッドからのっそりと起き上がり、紫苑はジェラルドを見た。

「ドレスの件、今後はありのままに……という約束は守ってくれるんですよね？」

紫苑はジェラルド軽く睨みつけた。ジェラルドは何が面白いというのか、笑いを噛み殺している。

「笑い事ではないですよ」

「ああ、わかっている。仕方ないが、もちろんだ」

「なんか、曖昧な返事ですね」

再び軽く睨みつけると、ジェラルドは紫苑の頭をやさしく撫でた。

「おまえは、私をただ信じてくれていればいい」

「信じて、いますけど……だからこそ……ずるいって思ったんじゃないですか」

「まだ拗ねているのか？　言い合いの続きは、またベッドでしよう」

「……ほら、ずるい」

紫苑の小さな反発を封じるように、ジェラルドは紫苑の頬にキスを落とす。こういうところがずるいと言っているのだが、わかっていて手のひらで転がしているのだろう。惹かれている紫苑の気持ちをうまく利用しているのだ。やはりとても悔しい。納得がいかない。

ジェラルドが呼び鈴を鳴らすと、すぐにヨハンがやってくる。さっきのやりとりを聞かれていたとしたら恥ずかしくて、紫苑はとっさにうつむいた。

「お召し替えでしょうか」

「ああ。ドレスではない、花嫁らしい衣装を選んでくれるか。女らしさは求めない」

「よろしいのですか？」

戸惑うようにヨハンが紫苑の方を見ているのがわかる。

「ああ。花嫁がそう望むのでな。これからは自由に振る舞えると思うと、私としても気が楽だ」

よくもぬけぬけとそんなことを言うな、と紫苑は呆れてしまう。

紫苑は顔を上げてジェラルドを一瞥し、ヨハンに「お願い」と告げた。

「お召し替えし甲斐があったのですが……」

と、名残惜しそうにヨハンが言う。

「やっぱりそういうの……好みなの？」

若干、引き気味に紫苑が尋ねると、ヨハンが珍しく頬を紅潮させ、慌てている。

「いえ、そういうわけでは。誤解なさらないでください。近頃、女性のお召し替えをすることがなかったものですから楽しかったのです。妹の……お世話をしていたことを思い出しまして……」

「妹はどこに？」

「ソルトン村という小さな村に暮らしております。宮廷に仕えるようになって、仕送りをしているんです」

おずおずとヨハンが答える。それは初耳だった。

「へえ。偉いんだな」

「いつか、立派な髪飾りや首飾りを、贈れるようになれたら……と思ってます」

ヨハンが嬉しそうに頬を緩ませる。とても大事にしている妹なのだろう。

「そっか。いつか俺も君の妹に会って、お礼を言いたいよ」

「アリガトウ、ですか？」

「うん」

と、紫苑は笑顔を咲かせた。

「気持ちを伝える言葉、ということなんですね」

「そう。いつもありがとう、ヨハン」

心を込めて、紫苑は伝える。雰囲気だけでも伝わったのか、ヨハンは照れているようだ。

「その言葉にはどう返事をしたらいいですか」

「どういたしまして、かな」

「ドウイタシマシテ」

ほっこりした和やかな時間の中で、あっという間に着替えは終わった。

ロイクがいつも着ているようなフロックコートにクラヴァットを巻いた紳士の佇《たたず》まいに、紫苑はほっとする。これもこれで落ち着かないが、少なくとも女性用のドレスを着ているよりずっといい。

「陛下、いかがでしょうか」

紫苑の姿を見て、ジェラルドは目を細めた。それはどちらの意味なのだろうか。いいのか悪いのか。

「さて、まだ何か不満はあるかな、花嫁」

「ありません。自由に大股で歩かせていただきます」

紫苑は悔しかったので、そうきっぱりと言い切った。

「では参ろうか」

ジェラルドと共に私室から意気揚々と出て行くと、ばったりとロイクと出くわした。

「陛下……と、そちらは……」

ロイクはまず紫苑の顔を見て、不思議そうな表情を浮かべ、ジェラルドと紫苑を交互に見る。

「シオンの顔を忘れたか」

と、ジェラルドが言った。

「ごきげんよう」

紫苑がそう言うと、ロイクは口を金魚みたいにパクパク動かして目を剥いた。

「シ、シオン様が……お、男……」

セザールが言っていたとおり、ロイクは魂が抜けたようになっていた。

「ど、どうすればいいんだろう。固まってるけど」

紫苑としてもどうしたらいいものか困惑する。

「――放置しておけばよいですよ」

と、いつの間にか近くに待機していたセザールがため息をつく。

「この場合、陛下が男色家であることの方が重要であるにもかかわらず、あの調子なのだから呆れますね」

「すまないな。おまえには面倒をかける」

ジェラルドが言うと、セザールはいいえ、と表情を変えることなく首を振った。

「それよりも陛下、ソルトン村の火事の件で、不審な動きがあったとの報告が入っております。至急、謁見の間へ」

「わかった。話を聞こう。早々に解決をせねばなるまい」

それまで朗らかだったジェラルドの眉間が険しくなる。何かとても重大なことが起きているらしい。

ソルトン村と言っていたが、大丈夫なのだろうか。

「ああ、シオン、おまえはいつものように過ごしてくれて構わない」

「……はい」

ジェラルドとセザールの背中を見送りながら、紫苑はため息をつく。

せっかく男装を許されたのに、浮かない気分だ。

自分はただ愛されて、宮殿に置かせてもらって、それだけでよいのだろうか。改めて紫苑は自分の存在意義について考え込むのだった。

□6

数日が経過し、このところジェラルドは忙しそうにしている。毎日、彼の腕に抱かれていた日々が嘘のように、顔を合わせられることの方が少ない。

ジェラルドが頼みの綱になっている現状、取り残された紫苑は、心細い気持ちになっていた。それ以上に、最近ジェラルドがいつにもまして疲れている様子で、とても心配だった。

「そんな寂しそうな顔をしなさんな」

オーレリアンに声をかけられ、紫苑は慌てて表情を取り繕う。

「別に、俺はそんなんじゃ……ただ、心配なだけで」

もちろん寂しいというのは否定できない。口ごもる紫苑を見て、オーレリアンは微笑んだのち、小さくため息をついた。彼の表情に影が落ちたのを、紫苑は見逃さなかった。

「何か、あったんですか？」

「このところ村に火の手が上がることが多い。市民が暮らす場に被害が広がってるんだ」

そう言うオーレリアンは悔しそうな顔をしている。

「原因はわかっているんですか？」

「レジスタントの仕業だというところまでは、な」

なんだか歯切れが悪い。表立って言えない何かがあるようだ。

このところ宮廷内がそわついている気がする。だから自分にもそれが伝播しているのだろうか。オーラが視えないなりに、胸騒ぎのようなものを感じている。なんだろう。とても肌寒く感じるいやな空気だ。

人の声がして、紫苑は振り返った。

政務室から出てきたところなのか、ジェラルドとセザールが何かを話している。

「市民のために……などという言葉は、かえって反発を招くだけです。この事態を招いた者を捕まえなければなりませんね。どこに身を隠しているやら」

「ねずみ、か」

ジェラルドが何か考え込むような顔をする。見当がついているような雰囲気があった。

不意に、ジェラルドがこちらに視線をよこした。目が合った瞬間、彼は安堵の表情を浮かべる。ふわりと花が綻ぶようなオーラが視える気がした。

「シオン、しばらくぶりだな。構えなくてすまない」

「いえ……あの、ねずみって動物のねずみ……ではないですよね」

立ち入ったことを聞いていいものかわからず、あえて紫苑はそういう言い方をした。

つまり、誰か裏切り者がいる。城の中に内通者がいるということなのだろうか。

「気にすることはない」

ジェラルドはそれしか言ってくれない。

突き動かされるように、紫苑は食い下がる。

「あのっ、何か力になれることがあったら……と思ったんです」

「おまえに危険なことをさせるわけにはいかない。女神はそこにいてくれるだけでいい。何かが起こったときこそ、不変のままそこに在る『象徴』というものが必要なんだ」

やはりジェラルドはそう言って、優しく微笑むだけだった。

彼の言わんとすることは、紫苑にだってわかる。元いた世界では、天皇が国民の象徴として存在している。しかし天皇は公務についている人間だ。お飾りの紫苑とは比較にならない。それが、喉をひっかきたいくらいに、ひどくもどかしい。

しかしセザールが余計なことを言うなとばかりに冷たい視線をよこしたので、紫苑もそれ以上は食い下がることができなかった。

「なんで……」

こういうときに限って、視えないのか。

共感覚を使えば、何か力になれることがあるだろうに。

「適材適所というものがある。陛下はおまえがそこにいてくれるだけで助かっているんだ」

肩をとんと叩かれ、紫苑は唇を噛む。

ジェラルドもオーレリアンもそう言って励ましてくれるけれど、逆に紫苑はいたたまれない想いがした。

その後、納得できないまま部屋に戻り、ベッドに身を預けた。目を瞑って、ゆっくりと深呼吸する。

自分が生まれた世界では、特異体質に悩まされ、不必要な能力を持って生きるしかなかった。トリップしたこの世界では、なんの能力もなく、お荷物になっているほかない。

（思うようにいく世界なんてあるわけがないんだ）

結局、自分の価値なんて、他人に認めてもらわなければ、生まれるものではないのだろう。

せめて、好きな人の力になれることはないだろうか。女神として降臨したと仮定するならば、その場にいるだけで危機を救えるのではないか。そうではないのなら、やはり役に立てるように自分から動かなくては、ただのお飾りだ。

はがゆさのあまりにギリっと歯ぎしりをする。

今まで一度だって自分のために能力を使おうだなんて思ったことはなかった。むしろ嫌悪していた。

もしこれが、嫌悪していたことへの罰なのだとしたら、今すぐに土下座でもなんでもするから、この世界でも必要なときに使えるようになってほしい。

無駄なあがきに心が疲れて、紫苑はふっと力を抜いた。

（ばかだな。俺に何ができるっていうんだよ。）

現実逃避をするように眠りに落ちようとしたときだった。

部屋の外がいやに騒がしくなった。

紫苑はベッドから起き上がり、部屋の外に出た。

目の前に色が広がっていく。赤や黒や黄色や、様々な色が不安定に滲《にじ》んでは広がっていた。

この感覚……紫苑は、息をのむ。

共感覚が戻った――のか？

でも、どうして今。

それほど、大変な何かが起きているということなのか。

あちらこちらから声がする。宮廷の中が騒がしい。何かあったのだろうか。

紫苑は廊下を駆けていく使用人の女性を呼び止めた。

「一体どうしたんですか」

「早く、お逃げください。火が宮廷の中に……」

使用人たちが慌ただしく往来している。

「火事？」

紫苑は眉をひそめた。

すんと鼻をすすると、たしかに焦げ臭いような煙の臭いがしてくる。

このままじっとしているわけにもいかず、人が流れている方へと足を向けようとした時だった。

「シオン様、ご無事で何より。陛下より言伝《ことづて》をいただいております」

ヨハンが焦った様子で飛び出してくる。

「何が起きてるんだ？」

「とにかく、一刻も早く、こちらを被ってください」

意味もわからぬままローブを身にかけられ、煙を吸い込まないように口元を覆い、火から遠ざかるようにヨハンに続いた。

常に、警備を敷いている宮廷に火の手が上がった。その意味を考えながら、避難を急ぐ。

城攻めにあっているのか、それとも不審火なのか。

泥のような色が視界を覆って、うまく前が見えない。

人が流れている方とは真逆の方向に、ヨハンは紫苑を案内する。紫苑はただついていくだけだった。

そしてヨハンは使われていないようなさびれた小屋の裏手にある井戸の前まで来ると突然立ち止まった。

「こちらへ」

井戸の中を指され、紫苑は目を丸くする。

「え……」

「ここはもう使われていません。大丈夫です。溺れませんよ。地下の抜け道に繋がっているんです」

そうは言っても、真っ暗で何も見えない。ひんやりとした空気が漂い、ぞっとする。

「たくさん草が敷き詰められているので、落ちても怪我はしません。ご不安ならば、僕が先に行きますから、あとに続いてください」

「え⁉　まっ――」

止める暇もなかった。ヨハンは躊躇いなく飛び込み、吸い込まれるように闇へと消えていく。小石が転がっていく音が微かにこだまする。相当深いのではないか。

「ヨハンっ！」

青ざめていると、声が届いた。

「無事ですよ。さあ」

その声を聞いてホッとするものの、ヨハンのように思い切りよくはいけない。しかしこのままこうしていたって埒《らち》があかないだろう。

もうどうにでもなれ！　紫苑は井戸に飛び込む。ぎゅっと目を瞑って衝撃を待った。

一瞬、ここから元の世界に繋がっているのではないかという思考が浮かんだのもつかの間、脇腹を殴られたような痛みが走って、思わず呻く。一瞬、頭の中が白くなりかけた。

「っ……たー。怪我はしないって、言ったじゃないか」

じんじんとした痛みが全身を這う。涙がじわりと浮かぶ。胃の中にあるものをぜんぶ吐きそうになった。

「言いましたが、痛くならないとは申し上げていません」

痛む身体をなんとか起こし、あちこちについた土埃を払いながら、紫苑はヨハンを見た。

「こんなところを通って、どこへ行くつもりなんだよ。ヨハン」

「大事な女神を匿《かくま》うためには、こうするしかないのです。陛下からの言伝ですので、今はとにかく従っていただきます」

「はぁ」

なんだかいつもと様子が違う。やけにドライというかそっけないというか。そこまで切羽詰った状態ということは、自分のことよりも何よりもジェラルドのことが気にかかる。

「ジェラルドは……陛下は無事なんだよな？」

「当然ではないですか。王が倒れたら、話になりません」

ヨハンはまたもぞんざいに言った。

（どうなっているんだ……）

井戸の底から延びている薄暗い道を黙々と歩いた。まるで誰かの胃の中にいるような、それでいて見えない目に見張られているような、じっとりとした不快感がついて回る。妙な空間だ。黴《かび》と埃の匂いが充満して、呼吸をするたびに噎《む》せそうになり、時々後ろから追われるような不安定な感覚に、何度も振り返りそうになりながら、先を急いだ。

ヨハンが立ち止まり、壁をまさぐっている。やっと出口にたどり着いたのだろうか。

地下道に降りてきたときと反対に、どこかよじ登ることを想定していた紫苑は、ごつごつとした石碑が動いたことに驚いた。どうやらこの先の隠し扉になっていたようだ。まだまだ暗い闇が続いている。

「ここからまだ先が長いのか？」

不安のせいか、空気が薄いように感じていた。閉所や暗所は自分のいる位置を見失いそうになるから、あまり得意ではない。

「あともう少し、ご辛抱ください」

その言葉に励まされ、紫苑は引き続き、ヨハンについていく。

地下道は作られた道だったが、ところどころ生い茂った緑からは、外へと繋がっているような自然の香りがしていた。ここは人が足を踏み入れていない場所なのか。

やはりお城というものは、こういったからくりを作って、万が一というときの隠し通路にしているものなのかもしれない。

けれど、王族にとっての命綱ともいえる隠し通路ならば、一使用人でしかないヨハンにこんな重要な秘密を知らされているということが、不自然に思えた。

よほど信頼されているということなのか。それとも……。

紫苑が考えあぐねていると、再び、ヨハンが立ち止まった。彼は蔦《つた》の這った岩に手をあてがい、ゆっくりと重たい扉を開く。

ようやく目的の場所に到着したらしい。

紫苑はそれでも落ち着かない気持ちだったが、とにかく一刻も早く明るい場所に身を躍らせたい、と思った。

そして、こぼれてきた光に目を眇め、紫苑はその先の景色を見ようとした。

ここは、一体どこに繋がっていた場所なのか――。

重々しい音を立てて岩の扉は閉められた。目の前に広がるのは背丈のある草に囲われた藪《やぶ》の中。そこに人影が見え、どきりとする。刹那、紫苑は背筋をナイフでなぞられたような感覚に陥った。頭の中で、それ以上、先に行ってはいけないと、警笛が鳴っている。否、全身が拒絶している。この感覚には覚えがあった。

足が竦む。身体が動かない。ただただ、恐怖で。

「エルネスト様。お連れしました」

と、ヨハンが目の前の人物にそう言い、膝をついて頭を垂れた。

その光景を見て、紫苑は裏切られたような、ショックを受ける。

「ヨハン、どういう……」

紫苑は震える唇を押し開き、言葉を詰まらせた。

ヨハンからは激しい嫌悪とすさまじい憎悪を示した色が、一瞬にして紫苑の中に矢のように降ってくる。

ヨハンにそこまでの感情を与えた相手の方からは、獰猛《どうもう》な獣の匂いがした。

多くの血を啜ってきた剣が、その手の中にある。猛将の殺気のようなものが漂っている。悪辣に残虐に、どこまでも黒に近い赭色《あかつち》が、おびただしい点と点を広げていき、紫苑の視界を覆いつくしていく。この男は、けっして近づいてはいけない人物だ。

どく……どく……っと、太い脈動を頭の中で感じた。

どうして……急に、共感覚が、戻ってきたんだ。

望んだときには視えなかった色が、今さら視えるようになったのは、一体どういうことなのか。

視界をちらつく様々な赤……朱、赫、緋、赭……錆びついた血の匂いを感じて、吐き気がする。

うっとこみ上げる嘔吐《おうと》感をなんとかこらえ、紫苑はその相手を見た。

エルネスト・ランセル・ヒットルフ……先代の王を弑逆《しいぎゃく》し、リシュタルク帝国の隣国・アルメディス王国を乗っ取ったおそろしい英雄だ。自ら戦場に出る好戦的な人物ゆえ、王太子を名乗っているが、事実上は彼が王である。そしてリシュタルク帝国がもっとも危険視している人物である。

ジェラルドの提案で、ヨハンに勉強を付き合ってもらい、セザールからも情報を得ていた紫苑だったが、彼がその人物であるということは、肌でも感じとっていた。

アルメディス王国は、リシュタルク帝国と領土争いをしている敵国。それを知っていながら、ヨハンはどうして――。

悪い予感が、おそろしい思考が、紫苑の中から消えてくれない。

「ほう。これは……まことに美しいものだな」

エルネストのよく通る声が、紫苑の身体を惨《むご》たらしく貫いた。刹那、串刺しにされてしまったように、その場から動けない。息ができているのか、紫苑は無意識に自分の喉をさすった。

しかし、痛みは、自分の身に降りかかったのではなく、跪いたままのヨハンから漂う色で視えたものだった。

声には出さない、けれど伝わってくるヨハンの激しい感情に感化され、紫苑の目に涙がこみ上げてくる。

「どうして……ヨハン。何があったんだ。君に……」

裏切った、という言葉はかけられなかった。ヨハンがそんなことをする人間だとはどうしても思えなかったからだ。

しかしヨハンは紫苑の顔を見ようとしない。うつむいたままぐっと唇を噛んでいるのだけが見えた。

「簡単なことよ。大事な家族を救うためには致し方ないのだ」

家族……その言葉で、ヨハンが以前に妹のことを話してくれたときのことが蘇った。小さな村に住んでいる家族に、仕送りをするために働いているのだと。妹に、髪飾りや首飾りをプレゼントしたいと語っていたヨハン。

紫苑は事の成行きを察した。この男は、家族を人質に、ヨハンを脅迫したのだ。

「卑怯《ひきょう》者！」

気づいたら、紫苑はそう叫んでいた。

喉の奥に無数の針が突き刺さったみたいな激痛が走った。

いつも朗らかに、優しく接してくれていたヨハンが、こんなことをしなくてはならなかったなんてよほどのことだと思った。大切な家族を人質にとられ、脅されていたなら当然のことだ。

エルネストは美しくもおそろしい悪魔の表情を浮かべ、ふんと鼻で笑う。

「使える駒は使う。君主たるものは皆そうして国を治めてきた。前提として、我が率先して事を仕掛けなくとも、リシュタルク帝国は内部崩壊の危機にあるはずだ。その証として、王族は同じ道を見てなどいない」

エルネストが顎をしゃくった方を、紫苑は見た。

影になっている人物。紫苑には見なくてもそれが誰なのかわかってしまう。

親しんだ懐かしい匂いと、不穏な色が同時にちらついて視えるのだ。

一度でも交流のあった人物、それは——。

「……アルフォンス」

そして宮廷楽士のカミーユ。二人が揃って姿を見せた。

いつもと変わらないアルフォンスの無邪気な笑顔……のはずが、そこには昏《くら》いものが漂っていた。

「そういう、ことだったのか。君は……自国を裏切ったんだな」

アルフォンスに関しては、あまり驚かなかった。

察するに、カミーユの方は情報屋として動いていたのかもしれない。貴重な情報源とアルフォンスが言っていたように……。

そして、ヨハンを脅して連れてこさせたのは、エルネスト本人ではない。直接的にはアルフォンスが仕向けたのだろう。

「シオン、あなたが、もう少し賢ければ、兄上も救われていたかもしれないのにね。残念だよ。僕の誘惑に負けていたらよかったのに」

「……っ」

悔しいが、言い返せない。まったくそのとおりだ。なんの役にも立てないまま、こうしてお荷物になっているのだから。

「さ、エルネスト様、この場所を移して、続きは……ゆっくりとお楽しみください。どこぞの雌豚よりも、ずっといい器ですよ」

下卑た微笑に腹が立った。

エルネストが紫苑の腕を掴み、軽々と抱き上げようとする。触れられた瞬間から、全身が拒絶反応を起こす。

「いやだ。離せ！　触るな！」

叫びは、すぐにも悪魔の手に封じられた。喉笛ごと潰しかねない力で、紫苑の首を摑んだのだ。

「っぐ……」

言葉にならない分、せめて紫苑はエルネストを睨めつける。その様子が可笑《おか》しいといわんばかりに、エルネストはせせら笑った。

「手をつけられたものを献上されるのは些《いささ》か不愉快だが、あいつの悔しそうな顔を見られると思えば、胸もすく」

最低だ。こういう人間が、一番嫌いだ。

人を人とも思わない男に、ジェラルドを侮辱させせない。

「……っ黙れ」

「城に持ち帰ったら存分に愛《め》でてやろうぞ」

そう言い、エルネストは紫苑の首から手を離し、いやらしく頬をなぞった。

「……げほっ……誰が、おまえ……っなんか」

「躾が行き届いていないようだな。力づくでわからないならば、別の手段で、少し、大人しくさせようか」

「んっ……!?」

唇に嚙みつかれ、紫苑は目を丸くする。深く求められそうになり、必死にかぶりを振る。唇をこじ開けられないように、顎にぐっと力を込める。

それがかえって男の情欲を煽るらしい。自由にできない紫苑の状態を利用し、唇を蹂躙《じゅうりん》し続けた。

これ以上、自由になんてされてたまるものか。

紫苑はジェラルドを思い浮かべながら、必死にもがき身体をばたつかせる。無駄なあがきはやめろといわんばかりに、エルネストは紫苑を奪おうとする。

「エルネスト様！」

突如割って入ってきた声に制止され、エルネストは不愉快そうに唇を離した。紫苑はその隙に自分の唇を皮膚がめくれるくらいこすった。おかげで血が滲んだが、家族を人質にとられたヨハンの痛みに比べたら、どうとも感じなかった。

「興が削《そ》がれる。あとにしろ」

「それどころでは……っ」

慌てた兵士の様子に、エルネストも眉間に皺《しわ》を刻んだ。

「何？」

剣戟の音が聞こえ、蹄《ひづめ》の音と足音が混じって近づいてくる。そしてその集団は、颯爽と姿を現した。

騎士団と、そして中央に、ジェラルドの姿があった。

声にならない声で、紫苑はジェラルドの名を呼び、彼を見つめる。皇帝ジェラルド・ヴィンター・

ヘルツベルク。普段の彼とは違う、君主としての彼が、そこには存在していた。

「ふん。用意周到というわけか」

「そうそう大事なものを奪われるわけにはいくまい」

ジェラルドの瞳の奥が鋭く光る。激しく殺気立っているのが伝わってくる。心配してくれている色も伝わる。

「向こうが手薄になってもよいのか？　城が落とされるぞ」

「おまえが考えているようにはならない。心配するのは、おまえの身の方だ」

二人がほぼ同時に抜刀する。陣を固めるそれぞれの騎士並びに兵士が、将の号令を待っている。

一触即発状態に、周りがピンとした緊張の糸を張っている。

紫苑は息を押し殺し、色と色のぶつかり合い、探り合いの様子を窺った。

今、どちらかが一歩でも動けば、無事では済まない。死人の山になる……。幾度となく危険な目には遭ってきたが、死の色を感じ、その匂いをのみ込んだのは初めてだ。

不穏な鼓動が鳴り止まない。息をするのも苦しい。情けないことに震えが止まらなかった。

「捕らえないのか」

挑発的なエルネストに、ジェラルドは鷹揚に応えた。

「おまえこそ、剣を振るう気はないのか？　我々が直接的に面するのは、久しぶりではないか」

「勝ち目のない戦は、愚か者のすることだ。情けをかけられるのも好かん」

意外にも、エルネストが剣を鞘に戻してしまう。その刹那、ジェラルドも同じようにそうした。

拍子抜けしたものの、紫苑はまだ緊張に息を潜め、二人の動向を注視した。

エルネストを捕らえれば、紫苑かヨハンが人質になるか殺される。それがわかっているからこそ、ジェラルドは動かない。捕らえないのだ。

「散れ」

エルネストが号令をかけると、向こうの軍が引いていく。

こちらの騎士や兵士たちはまだ動かない。よろしいのですか、とオーレリアンがジェラルドに声をかけた。

「構わん。元々、ねずみをあぶり出す作戦だったのだから」

と、ジェラルドの冷たい視線がちらりと投げかけられた。その方向にいたはずのアルフォンスと宮廷楽士カミーユの姿は消えていた。

そして、紫苑はハッとする。

ヨハンの姿が見えなかったのだ。彼は兵士に保護されていた。否、捕らわれていた、といった方がいいだろう。紫苑ははらはらしながらヨハンのことを探した。きっとただでは済まない。そう思ったからだ。

紫苑が駆けていくと、ちょうどヨハンがジェラルドと対面するところだった。

「陛下、このたびは……申し訳ありません……っ。この命をもって、償わせていただきます」

ヨハンは悲痛な叫びを落とし、力なくその場に跪く。いたたまれなくなり、紫苑はヨハンの前に飛び出した。

「待ってくれないか。ヨハンは、家族を人質に……脅されていたんだ！　そうしなければ、家族が……」

「だが、国家転覆の罪には変わりない。何百人、何千人の命が脅かされていたかもしれん。とても重い罪だ」

淡々と、ジェラルドは言い捨てる。ひょっとしたら、ジェラルドはもうずっと前からヨハンの動きを見張り、あえて敵を泳がせていたのかもしれない。そんなふうに、紫苑は悟った。

「そんな……」

ヨハンは覚悟をした顔をしてうなだれている。そんな理不尽なことがあっていいのだろうか。家族を守るために行動したことで、自分の身を犠牲にするなんて。

けれど、ジェラルドの言うことももっともだった。王が危険に晒される、国が危険に晒される、それは……家族だけでは済まない、大勢の命を犠牲にする事態になっていたかもしれないのだ。

紫苑は悔しくてただ唇を噛むことしかできない。一筋の涙が目尻から流れていた。

「しかし、わたしは先ほど言ったはずだな。ねずみをあぶり出す……そのために、ヨハンは一役買ったともとれる」

絶望の淵《ふち》にいたヨハンと紫苑の耳に、その言葉が届いたとき、二人は同時に顔を上げた。

「おかげでなにより大事な花嫁……女神を、無事に取り戻せた。ヨハン、私はおまえに感謝している」

やわらかに告げられた言葉に、ヨハンは身体を震わせた。

「……そんな、勿体無《もったいな》い、お言葉です……っ陛下」

「それから、これを一番に伝えねばならなかった。家族は無事に保護してあるから、安心するといい」

ジェラルドの言葉に、ヨハンは泣き崩れ、その場にひれ伏した。

「嗚呼《ああ》……っ……陛下……僕はなんてことをっ」

「面を上げよ。もしもおまえに引け目を感じることがあるのならば、今後も我が花嫁のことを気にかけてくれると助かる。よいな」

「はいっ……承知いたしましたっ」

紫苑はその場のやりとりを見て、ホッと胸を撫で下ろした。よかった。ヨハンの想いが報われる形でよかった。紫苑の目からも涙が次から次へと溢れ出てくる。

やはりジェラルドは王としての器がある人なのだ、と紫苑は思った。

彼は強い。だが、それ以上にやわらかな人だ。柔能《よ》く剛を制す、という言葉があるように、優しさは時として何よりの武器になる。それを彼が体現している。

すべての人間が王を間近で感じられるわけではない。だからこそ誤解や混乱や暴動が起こるのかもしれない。そしていつも君主として彼は、すべてに真正面から向き合い、けっして見過ごそうとはしない。この国を、帝国を愛しているのだろう。

ここに飛ばされてきたとき、神職者たちなりに国を思って行動しているのだと、フォローをしていたことがあった。

この人の側に、俺もいられたら。この人の一部になれたら。そんな希望に胸が膨らんでいくのを紫苑は切々と感じていた。

と、ジェラルドと目が合って、どきりとする。

涙で視界が歪んでいた中、ジェラルドが他には目もくれずに紫苑の側にやってくる。

力強い腕に優しく抱きしめられ、紫苑はその身を預けた。

「シオン……おまえもよくがんばった」

「……っ俺は、何も……」

恥ずかしいくらい何もしていない。それなのに。

「生きて、無事でいることが、何よりの貢献だ、私の花嫁」

耳朶を濡らす声と共に、体温が溶け合う。そうしてやっと、自分のいる場所を見つけたような気がした。

7

その後、エルネスト側の兵が引いたのち、リシュタルク側の陣営も元の配備に帰っていった。

最後にジェラルドと紫苑を囲うのは近衛騎士たちだけ。

「すぐに助けにこられず、すまなかった」

そう言い、ジェラルドは紫苑の額に口づけをした。その感触のくすぐったさに目を眇めつつ、紫苑はまっすぐにジェラルドを見つめ返す。

「あなたには王としてやるべきことがあるんでしょう」

「物分かりがよすぎるのも、心配になるものだな」

と、ジェラルドは小さく笑って、さらに強く、紫苑を抱きしめた。

ジェラルドの腕にすっぽり抱かれると、この上ない安堵感に包まれる。

物分かりがよいのではない。ただ、あなたをもっと知りたいと、力になりたいと思っているからだ、と言葉にしたかった。

けれど、結局こうしてお荷物になっている身分で、そんなことを軽々しく言えるわけがなかった。

「おまえが無事でよかった」

その慈しんでくれる言葉だけで、今は十分だ。

「今回の件は、解決、した……んでしょうか」

エルネストの様子を見るに、撤退したのは降参したからというわけではなさそうである。きっと撤退しても次に仕掛ける策略があるのだ。その余裕があるからこそ引いた。紫苑はそう考えている。

「ああ、一時休戦だ。裏切り、裏切られ、そして領土を広げ、守り、戦い抜く。そういう世界だ。時は常に刻み、まわり、巡っていく。永遠に……止められるものではないだろう」

その言葉は、とても重い。実感を伴っているのが伝わってくる。実際に今までがそうで、これからもそうなのだろう。そうして歴史は創《つく》られていくのだ。

この異世界の未来は、果ては、どこにあるのだろうか。そして自分の存在は、どうあるべきだろうか。

「……」

紫苑は、ジェラルドをまっすぐに見た。そこに答えがあると、自分で気づきはじめている。

「おまえのいた国は、そういうものがなかったのだろう？」

「少なくとも戦はありませんでした。過去にはありましたが、今は……平和のはずです」

「ならば、怖い想いをさせてすまなかった」

申し訳なさそうに、ジェラルドが眉尻を下げる。

紫苑は首を横に振った。

「あなたが謝ることではないですよ……俺が勝手にこの世界に、現れただけなんだから」

これから先だって、永遠にそれは続く。きっと、もっと大変な想いをすることがあるかもしれない。

（けれど、俺は……）

喉の奥にとどまっている言葉が、うまく出てこない。一体自分はどうしたいと思っているのか。

もっと自信さえあれば……。

（……え？）

激しい葛藤のさなか、紫苑は自分の身の異変に気づいた。

（なんだ、これ）

目の前が少しずつ白んでいく。目が霞《かす》む。否、そうではない。自分の存在が透けているのだ。こんなことは初めてだった。

紫苑は慌てて、自分の手や身体を撫で、頬を触った。感触はある。けれど、この落ち着かない感覚はなんなのか。

「なっ……透けて……？」

どういうことなのか。いやな予感しかなかった。

ジェラルドを見つめると、彼は驚いた顔をしたあと、頷く。

「還《かえ》らねばならぬということか？　女神のご加護は一度だけ……ということか」

悟ったように、ジェラルドが言った。同じことを、紫苑も感じていた。

「そんなっ」

「以前より、早く帰りたいと、おまえは望んでいたな、シオン」

「それはっ」

「やっと……時が満ちたということなのか。それならば、私は、見送るべきなのだな、ここから。共感し合える、共鳴し合える、おまえとの出会いが、運命だと、そう思ったというのに」

悔しそうに、寂しそうに、けれど、致し方ないと納得しようとしているジェラルドを見て、胸が張り裂けそうになる。

「……っ」

元の世界に戻れば、おそろしい目に遭うことはない。少なからず、特異体質には悩まされるかもしれないが、自分さえ慣れればそれで済む話だ。今までだってそうやってやり過ごしてきた。

けれど、元の世界には、ジェラルドはいない。もう二度と接点ができず、声も、体温も、感じることができなくなる。

消えてしまう。この世界が閉じられてしまったら、二度と会えない。

そんなのは――。

「違う！　いやだ！　俺は、帰りたくない」

霞んでいく視界、薄らいでいく意識の中、声を振り絞り、紫苑は必死にジェラルドの方へと手を伸ばした。

どうかしている。元の世界に戻りたいとあれだけ願っていたくせに。

この人の側から離れたくないと思っている。すべてを捨てる覚悟がなければ、口にしてはいけない言葉だ。

正直、そんな肝の据わった人間ではないし、怖がりで臆病で、悲観的な人間だ。それでも、わかることが一つだけある。

「だって、あなたがいない世界に、俺の存在価値なんてない。あなたの側に俺はいたいんだ！　俺にできることがあるなら、なんでもやるから、だから……っ」

そう。たった一つだけ。紫苑の中で根付いた、答え。やっと見つけた、意味だった。

それだというのに、やっぱり叶うことはないのか？　身体は冷たく、視界はぼやけていくばかりだ。

「ジェラルド、でも……俺が、どう望んでも、この世界に必要がないと思われたのかも、しれない……」

手が透けていく。摑めそうで摑めない。体温が冷えて、自分が消えていく感覚がする。意識がだんだんと薄らいで、目を開けていられなくなる。物理的な死さえも覚悟した。

「シオン……っ」

もうだめだ、意識を保っていられない。息が苦しい。酸素がなくなっていくみたいだ。頭が痺れて、何も考えられなくなる。

そのまま運命に身を預けようとしたそのとき。

ものすごい力で引き寄せられ、紫苑は息を吹き返すように、目を開いた。

「シオン、おまえが望むのならば、ここにいてくれ」

気づけば、ジェラルドの腕の中に抱きしめられていた。

「ジェ、ラルド……俺……」

消えかけていた線がゆっくりと繋がっていく。体温がゆっくりと戻っていく。ぼやけていた視界も、はっきりと、愛しい人の顔が見える。

刹那、紫苑はジェラルドの胸に顔を埋め、思い切り抱きついた。

「消えないで、よかっ……」

産声のようにこぼれ出たその言葉は、ジェラルドの声に掻き消された。

「なんてばかな子なんだ、おまえは。みすみす、機会を逃すなんて」

耳に触れる吐息が震えていた。

感覚がじんじんとして、自分の肉体が少しずつ安定していくのを感じる。

「何が起きたのか説明がつかないよ。俺が望んだから……？」

「きっとそうかもしれない。そしてまた、私がおまえを望み、この世界がおまえを選んだからだ」

世界に選ばれたかはわからない。けれど、ジェラルドが望んでくれる。その言葉が、何よりも嬉しくて。

「よかっ……後悔、するところだった」

あと少し決断が遅ければ、もう二度とジェラルドには会えなかっただろう。

抑えつけていた想いが溢れ出し、涙がこみ上げてくる。

「おまえは、後悔……していない、ということか」

ジェラルドの問いに、紫苑は迷わずに頷いた。親不孝だとしても許してほしい。生きる場所を見つけた息子の想いが、正しく伝わるなんて思わない。でも、もし伝える術があるのなら、今ここに生きていることが、幸せなんだと、伝えたい。

「さっき言ったとおりだよ。あなたがいない世界なんて、もう……考えられないんだ。俺に何ができるかわからない。それでも、あなたのために役に立てるように、逃げたりふさぎ込んだりしないで、ちゃんと前を向きたいと思ってる。どんな手段でもいい。あなたを守りたいって、そう思ったんだ」

溢れるままに伝えると、ジェラルドに抱きしめられた。

何度も、何度も……慈しむように、抱擁は続けられる。

抱かれたことはあるが、こんなふうに大切に確かめるように抱きしめられたのは初めてだ。嬉しくて、愛おしくて、大好きでたまらない。

「私も、おまえのためと思い、言えなかったが、本心を伝えよう」

そう言い、ジェラルドは腕を緩める。見つめる彼の瞳が、情熱を灯していた。

「やはり私はおまえを帰したくない。どうしても諦めることができない。このまま残ってくれないか。そして、私の花嫁になってはくれないか？」

「……はいっ」

紫苑が頷くのを見て、ジェラルドは衝動的に紫苑の唇を奪った。紫苑もまた、ジェラルドからの口づけに精一杯応える。自分さえも持て余しているこの想いはどうしたら伝わるだろう。不器用な言葉の代わりに、口づけを交わした。

「……シオン、花嫁のドレスを着ろとは言わない」

「ふっ。着てもいいって言いそうになるから、言わないでよ」

もっと、もっと、深く、激しく。欲して、焦がれて、たまらない衝動が、あとからあとから湧き上がってきて止められない。

唇が触れたところから熱を帯びて、全身が鼓動になったみたいにときめいて、紫苑はジェラルドのことしか考えられなくなっていく。

「キスだけじゃ……いやだ」

気づいたら、そんなことを口走っていた。

消えてしまわない絆《きずな》が欲しい。二人の愛の形を確かめたい。情熱を注ぎ合いたい。

「催促をするのか。この場で……」

ふっと、ジェラルドが微笑む。

(え……)

後ろから、咳払いがした。

紫苑はハッと我に返る。

「お二人の世界に入られるのは、宮廷に戻られてからにしてください」

思ったとおり、セザールから冷静なツッコミが入り、紫苑は恥ずかしさのあまり顔から火がふきだしそうだった。

(な、なんで、見てるんだ――っ)

しかも、涼しい顔をしていられると、こちらがますます浮いているように思えて、いたたまれない。

「まったく、花嫁に甘すぎるのも困ったものですね。危機を脱したばかりなのですから、うつつを抜かさない程度に、お願いしますよ」

「……はい」

なぜか、ジェラルドに代わって、紫苑が返事をしてしまっていた。冷静に指摘されるから、なおさら恥ずかしい。

「おまえも、あまり花嫁をいじめないでくれないか」

と、ジェラルドが言うので、セザールは呆れ顔である。

「私の話を聞いていましたか？」

「いつでも心得ているぞ。安心していろ」

「まぁ、よかったですね」

ちらりと、セザールが紫苑を見る。

「え？」

「いいえ。いろいろと」

セザールは一瞬の微笑みを浮かべたのち、踵を返した。

ぽかんとして見送っていると、

「あれはあれなりに、気にかけてくれているのだ」

紫苑は周囲に指示を出しているセザールの後ろ姿を見て、ふっと微笑をこぼす。

「そう、だね。あなたの側には、素敵な人が集まるんだ。俺も、見つけてくれた王様が、ジェラルドでよかったと思ってる。ありがとう」

心から紫苑が伝えると、

「アリガトウ、とは、感謝を伝える言葉、か」

「うん」

「どんな称賛よりも、おまえにそう言われるのが、たまらなく……こたえるな。私の方がずっと救われているというのに」

そう言われても、紫苑には自覚などない。迷惑をかけてはいても感謝をされることなんてないし、名誉挽回《ばんかい》をしたいと今も思っているくらいだ。

「伝わらないのなら、同じ言葉を返そう。アリガトウ、シオン」

二人で見つめ合って笑い合う。この時間が、何よりも尊い。だが、やはりもどかしい。

「早く、城に戻ろうか。ふたりの閨に」

ジェラルドは紫苑の耳元でそう言った。もちろん、紫苑も同じ気持ちだった。

＊＊＊

宮廷に戻ってから、政務に追われるジェラルドを待って、紫苑は湯浴みを済ませ、寝室で待っていた。

天蓋付きの薄暗いベッドの中、だんだんと睡魔が押し寄せてきて、紫苑は何度もその誘惑を打ち払う。

いろんなことが一度にありすぎて、心身共にとっくに限界を迎えていた。安堵感も手伝って、再びうとうとと落ちかけると、ようやく部屋のドアが開く。

はっと息を吹き返すように覚醒し、紫苑は身体を起こそうとするが、動作が鈍くなってしまう。もう部屋は真っ暗になっていて、いつの間にか燭台の明かりが灯されていた。

ジェラルドは簡衣に着替えていた。髪が濡れているのを見るに、湯浴みをしてからここへ来たようだ。

その意味を考えてから、紫苑は一人身体を熱くする。起き上がろうとしたのに、あっけなくベッドに押し倒され、いきなり耳をかじられる。

「ひゃ、っ……」

「さっき、キスだけではいやだと、おまえは言ったな。私にどうされたいのだ」

我慢の限界を超えた激しい欲情の色が視える。それがすべて自分に向けられているのだと思うと、ときめいてたまらない。

まるで肉食獣に食べられるような体勢になりながら、紫苑は甘いため息を吐いた。

ジェラルドもずっと我慢してくれていたのだろうか。こんなにも切羽詰まったふうに求められるのは初めてで、胸のどこかがきゅっと甘く締め付けられる。

「あ、そんなの、わかってるくせに」

「言わなければわからないことも、伝わらないこともあるのだ」

「めちゃくちゃに……愛してほしいってことだよ」

鼓動がどんどん速まっていく。眠気など一気に吹き飛んだ。触れ合う胸から、ジェラルドの速まっていく鼓動が伝わってくる。お互いがお互いに高ぶっているのがよくわかる。

視線が交わったのを合図に、ジェラルドに唇を塞がれ、幾度となくついばまれる動きに合わせ、紫苑からもまた唇を押し返した。

「……可愛い花嫁の要望だ。応えてやろう」

そう言っているのに、ジェラルドはひどくはしない。優しく触れて、慈しむようにキスをする。それがじれったくて、どうしようもない気持ちになる。

舌を絡めながら、想いは止めどなく溢れ、一秒でも早く、ジェラルドに好きなように暴かれたい欲望に駆られた。

「……ん、……っ」

うずうずと身体を動かしていたからか、ジェラルドが気づいたらしい。

「じれったいか」

くすりと揶揄する声に煽られ、下半身が痛いくらいに張り詰める。それを悟られ、紫苑は瞳を揺るがせる。

「わかっているくせに……いじわるっ」

喘ぎながら、ジェラルドにしがみついた。

「おまえが私を求めている顔が可愛いからだ」

「ジェラルド……」

「シオン、試すわけではなく、今だからこそ確かめておきたい。帰りたい、と今でも思うか」

紫苑は首を横に振った。

「無理だよ。帰れと言われても、あなたの側から離れたいなんて思えない」

「ならば、ずっといてくれ、私の側に……誓えるか？」

「ん、……あ、……誓う、よっ」

口づけは、首筋へ、鎖骨へ、胸板へと、おりていく。自由に、好きなままに、愛してほしい。愛されたい。そんな想いが溢れて、泣きそうになった。

「あ、あ、っ！　まっ……ひっ、あっ」

臀部を押さえつけられ、口に含まれただけで、情けなくも勢いよく達してしまった紫苑は、びくんびくんと身体を震わせた。ジェラルドの唇を、汚してしまった。恥ずかしいのに、止められない。ジェラルドは余すことなく飲み尽くそうとする。

「ああ、ごめん、なさ……い。あ、あ、っ……」

こんなにあっけなくイってしまうなんて自分でも思わなかった。それほど昂ってしまっている。まだその高揚は止められそうにない。

一度ではなく、再び達してしまいそうな勢いに、紫苑は泣きながら身悶える。

「どうして謝る。おまえは本当に……どこまでも慎《つつ》ましく、愛らしいのだな」

ジェラルドは言って、紫苑の後孔に濡れた指を這わせた。

「ん、あっ……」

いやらしくねっとりと、そして指の腹で広げられていく。紫苑の身体は自然と期待に戦慄《わなな》いていた。

「ここに私のこれを埋めてもよいか」

ぐりっと亀頭がめり込み、紫苑は思わず背を反らす。いつもよりも大きく張り詰めている気がする。

「あ、……熱い……っ硬く、て……はぁ」

「おまえが可愛くて仕方ないからだ」

ずぷっといやらしく濡れた音を立てながら、ジェラルドが押し入ろうとする。

「痛く、しない？……」

急に不安になって問いかけた紫苑に、ジェラルドはなだめるように先端を送り込んだ。

「ああ、おまえが、気持ちよくなることしか、しない」

「……それだけ、じゃ、やだ。ジェラルドも、気持ちよくなって、くれる？」

「……もちろん、だ」

そう言い残し、ジェラルドの肉棒が中に入ってきた刹那、紫苑はぞくぞくとした感覚が止まらなくなった。ゆっくりと続けられる抽送にもどかしさを感じていた。

「あ、ぅ、……ああ」

めりめりと広げられ、骨まで軋む。まるで初めてのときみたいだ。圧迫感に苦しくなってつい腰が逃げると、ジェラルドもつらそうに呼吸を乱す。

「きついか？」

「ん、……でも、ジェラルドがいっぱいで……はぁ、……嬉しい」

「あまり、痛くしてほしくなければ、煽らないでおくべきだぞ、シオン」

「だって、本当、だから……」

「おまえも、また張り詰めて、苦しそうにしてるようだな」

そう言い、ジェラルドが紫苑の屹立を優しく手の中におさめる。

「あ、ん、んっ……」

こすられ、先端を撫でられて、気持ちよさのあまりに、腰が動いてしまう。そうしてジェラルドのものをぱっくりと咥えながら、ますます自分自身がガチガチに硬くなっていくのがわかる。

「はぁ、はぁ、……きもちいい、はぁっ……あっ」

「まだ、もっと、もっとだ」

見下ろしてくるジェラルドの匂い立つような色気に、くらくらする。たくましい大胸筋、引き締まった腰、そして反り返った肉棒が、紫苑にすべてを捧げてくる。その一途《いちず》な情熱に、感極まって泣いてしまいそうになる。

「あ、あ、ん、んっいくっ……イっちゃうよっ」

また上り詰めそうになったそのとき、膨れ上がった屹立の根元をぎゅっと摑まれる。

「ん、あっあっ……！」

びくびくと震えながら、紫苑は仰け反る。

「あああっやだ、いじわる、やめてっ」

達しそうになるのを寸前で止められ、その繰り返しに、ガクガクと身悶えた。紫苑はずっとオーガズムを感じている感覚に陥っていた。

「だめ、だめっジェラルド、はあ、おかしくなるっ……やめてっ」

耐えがたい愉悦に、紫苑は泣きながら懇願する。だが、いつも優しいジェラルドは今夜に限って意地悪をやめてくれない。

「よいのだ。感じていればよい。私のことだけを……ずっと」

出入りするジェラルドの質量が膨らんで、こすられるたびに彼を激しく感じていた。ずるりと抜け出ていった拍子に、紫苑はがくがくと腰を震わせた。

今度は四つん這いにさせられ、ジェラルドが背中から覆いかぶさり、後ろから突き立てられる。

何度も、何度も、こすられ、揺さぶられ、その間も、ジェラルドの手は紫苑の膨らみを解放しない。

達しそうになるたびに根元をぎゅっと締め付けた。イきたいのにイけないせつなさに、紫苑は震えながら蜜を滴らせる。

「あっあっあっあ――っ……赦《ゆる》して、ねえ、ゆるしてっ……やあっ」

耐えられなくなり、紫苑は必死に懇願した。すると、ようやくジェラルドは手を緩めてくれる。

内部を穿たれ、熱く滾った分身を存分に扱かれる状態に、紫苑は頭が真っ白になり、気づけば、いつの間にか上り詰めていた。どろっと白濁した精液が、シーツの上に海を作っていた。

「はあ……っ……はっ……はあっ」

ジェラルドが抜け出たあと、ひくひくと痙攣するように紫苑の蜜口は震えていた。けれど、まだ汚れてはいない。ジェラルドの屹立はよりいっそう張り詰め、赤々と脈を浮き立たせていた。

「やはり、おまえの顔が見たい。シオン」

仰向けに寝かされ、臀部を押し広げられると、再びジェラルドが押し入ってくる。何度も蕩けさせられた紫苑のそこは、すぐにも彼を受け入れるが、些細な動きにすら敏感に反応してしまい、何度も何度も絶頂感が押し寄せてくるのを止められない。

「あ、ぅ、ああ」

溶けてしまいそうだ。何もかも、すべてが。

深いところで繋がっていると、まるで、ジェラルドそのものを受け入れたみたいに、彼の鼓動も、息遣いも、その場から伝わってくるようだった。

ぐちゅぐちゅに蕩けた中を、それ以上にたっぷりとほぐされ、あまりの気持ちよさに紫苑は自分から腰を動かしてしまう。さっきた達したばかりだというのに、自分も大概いやらしいと、紫苑は思う。

もたげかけていたと思ったのに、あっという間に膨れ上がった先端からは、彼への愛しさで涙のように愛液が滴ってしまっている。

「そんなに私を締め付けて……おまえは」

せつなそうに息を詰めながら、ジェラルドが腰を動かす。それまでの理性的な突き上げ方とは違った。本当に紫苑を感じたい、そして感じ合いたいと切望しているのが伝わってくる。嬉しくて、紫苑もまた甘い感傷に駆られる。

「あ、あん、……ジェラルド、っ……」

互いが交わっている証の、熱っぽく濡れた水音が響いて、紫苑は昂るあまりに、先端から溢れていく雫を止めることができない。いっそもう一度、上り詰めたい。けれど、もっとジェラルドを感じていたい。相反する矛盾した感情に、交互に支配されていく。

「は、あ……っ……ん、……っ」

「ふっ……可愛い花嫁だ、シオン……おまえは、私をそうして悦ばせるのだな」

言いながら、ジェラルドは紫苑の膨らんだ先端を手のひらで弄ぶ。ぐつぐつと肉茎を抽挿しながら、紫苑を存分に可愛がった。

「あっあっ……おねがい、俺ばっかりやだ、イってよ、先にイって……」

涙を滲ませながら、紫苑はねだった。けれど、ジェラルドはゆったりとした抽送を続け、焦らす行為をやめない。

「それは、聞けない願いだ……感じてたまらないといった、おまえの顔が見ていたいのだから」

ジェラルドはそう言い、硬くなった紫苑の胸の尖りを指の腹でずりずりと押しつぶす。あちこちに愉悦が飛び火して、泣き出したいくらい気持ちよかった。

「あ、んっ……や、ああ、ずるい……っ俺だって……」

紫苑は、ジェラルドの腕を摑んだ。彼の額に汗が滲み、呼吸が乱れている。そのえもいわれぬ魅惑的な表情に、ぞくっとする。もっとその顔が見たい。ジェラルドにも感じてほしい。余裕をなくすくらいに必死になってほしい。

「ならば、一緒にイこうか……」

たまらない、といったふうにジェラルドが体勢を深め、緩慢な動きをしていた律動に激しさを加えた。さらに今にもはちきれんばかりの紫苑の屹立は濡れた雫ごとジェラルドの手のひらに優しく絡め取られてしまう。喘ぐ唇すらも縫うように吸われ、目尻からも涙がこぼれていく。

「ん、はぁ、……ああっ」

「たまらない、な……」

闇は、二人が交わる音が、淫らに響き渡っている。その闇夜が、ますます二人を淫らにさせる。

「ん、あん、きもち、いい……のっ……」

泣きながらこんなことを言うのは、かっこ悪いかもしれない。けれど、口に出さなくては、爆発してしまいそうだったのだ。

「可愛い、シオン……私の手で、私のこれで、もっと、もっと……感じていてくれ」

せつなそうに、ジェラルドが囁きかけてくる。

愛おしそうに見つめられ、ねっとりと扱かれながら、深く激しく掘削される、そのなんともいえない甘美な喜悦に、紫苑は酔いしれながら達してしまいそうになる。

「あ、あ、ん、あああっ」

「……っ。そうだ。その顔を……見せてくれ」

ジェラルドの身体がぶるっと震えた。彼も感じてくれているのだろうか。

そう思ったら、愛しさで胸が詰まり、もうこみ上げてくる衝動がどうしても止められなかった。

「あ、あ、あ、あああ――っ……!」

ついに先端から雫がびゅくびゅくとふきこぼれ、頭の中が真っ白にふやける。中では、どくりと太い脈が打ち、ジェラルドの熱い飛沫《しぶき》がとろりと吐き出されていた。

「っ……」

一緒に上り詰めることができたらしいとわかって、細胞の隅々まで満たされていくように、紫苑は感じられた。

互いの身体を受け止めながら、何度も痙攣するように身体が震えたあと、どうしようもなく、想いが溢れ出ていく。なのに、こみ上げてくる感情に邪魔され、伝えたいはずの言葉がすぐに出てこない。

愛しい人と同じ時間を感じ合える、その尊さに、胸のどこかが甘く疼いた。

結んだ場所から、ゆっくりとジェラルドが離れていく。中は名残を惜しむように蠕動《ぜんどう》を繰り返していた。激しく愛し合ったばかりで力が入らない。せめて腕枕をしてくれたジェラルドの胸に頬ずりをすると、ジェラルドは額に優しくキスをしてくれた。

澄んだ青い瞳が、顔を覗き込んでくる。

「愛している、シオン」

優しく紡がれた言葉を、大切に噛みしめながら、紫苑も同じ言葉を、ジェラルドに返した。

「あい、してる」

そう、さっき感じていた甘い疼きを言葉にするとしたら、『愛している』。

すると、ジェラルドは花が開いたような笑顔を見せてから、紫苑の唇を吸った。

小鳥が囀《さえず》るかのような小さな音を立てて、互いの唇を食み合いながら、溶け残った熱をゆっくりとなだめてゆく。目を瞑り、互いの鼓動を、脈動を感じながら、二人は同じ時間を漂流する。優しく甘美な、何にも代えがたい時間だった。

＊＊＊

毎日、毎晩といわず、昼夜、時間があればいつでも、二人は愛し合った。

そうして王宮の内外が落ち着きはじめたある日のこと。

一体どのくらい惰眠を貪っていたことか。目覚めると、とっくに日は傾いていて、紫苑は慌ててベッドから飛び起きた。

手伝い係に復帰しているはずのヨハンの姿を探すと、ノックの音と共にドアが開かれる。

「式を挙げるから、準備をするように」

と、ジェラルドからいきなり言われたときは、紫苑は絶句したのち、困惑した。

「またドレス……」

悪夢再来、と青くなっている紫苑を見て、ジェラルドはふっと笑った。

「安心しろ。言ったはずだ。おまえをそのまま受け入れる準備はできている」

そう言い、紫苑の髪を撫でる。

「周りが皆そうとは限りませんよ？」

神職者たちは引き下がったとはいえ、完全には納得していないだろう。だからこそ、形として認めてもらう場を作るという話はされていた。それが挙式ということなのだろう。

「納得させるには、おまえが勝利の女神であり続ければいい。無論、私も努力を続けよう」

それはとても難しく、大変なことだ。それをわかっていて、ジェラルドはあえて言葉にしたのだろう。それほど、紫苑を愛してくれていると示すために。紫苑にもそのくらいのことはわかる。何より、今、視えているジェラルドの色からは、好意的な甘い雰囲気が漂っているのだから。

共感覚はあれ以来、すっかり元に戻ったらしい。ジェラルドだけではなく、他の人間のオーラと色が視えるようになっていた。

原因はよくわからないが、ずっと自分の共感覚を拒んできた紫苑が、自分の能力を自然と欲し、受け入れ、認めたからかもしれない。そんなふうに紫苑は捉えている。

ジェラルドが言った『運命』という言葉を思い返す。

かつて、紫苑が研究論文にまとめた内容を振り返ってみた。

共感覚を持つ人間にとって、自分というのは一瞬の概念、そして身体は自分の器だ。

稀に、概念が共鳴し合うような、相性のいい器と出会うことがある。互いに影響を受けやすい存在として、認識し合う。電波を拾うような感覚だ。その出会いに【運命】という名前をつけた。

ジェラルドとは共感しやすい相性にあったのだと紫苑は思う。

紫苑は、なんらかの願いを持ったジェラルドの魂に共鳴し、必要な存在として、召喚されたのだろう。最初に、言葉が突然わかるようになったのは、なぜか。きっかけを振り返れば、ジェラルドと関係を持ったからだった。

そして、なぜ、彼のオーラが伝わってきたのか。王だけが持つオーラ、それについてはジェラルド自身が持つ器だ。そしてオーラを感じとれる紫苑の能力を呼び寄せていたと考えられる。

同じ感覚を持つ二人が、共鳴し合い、共感し合い、惹かれ合い、そして結び合った。つまり、ジェラルドとの関係が、この世界と紫苑を繋いだのだろう。

紫苑の存在はジェラルドの望みのためにあるものだった。そして彼の望み……難が去り、紫苑の存在が必要ではなくなった。だから、消えかけた。

けれど、ジェラルドは新たに願った。そして、紫苑もまた自分から望んだ。二人は、この世界で、一緒にいる未来を、選んだのだ。

共感覚は、正しく使いたい、と紫苑は思っている。王であるジェラルドを支えるために、彼が愛しているこの国のために。そんなふうに紫苑の意識は変わっていった。

もう、この世界に、疑問を持とうとは思わない。自分の存在意義を見つけたから。永遠がなくても、いつか終わる世界だとしても、それでも……彼と共に歩んでいけるなら、それが、紫苑の生きる意味となり、証となるからだ。

今後は、よりいっそうジェラルドのために、この国のために、なんらかの形で力になれればいいと思っているし、それが紫苑の自信にも繋がっていた。

無価値だと嘆いていた過去の自分はもういない。元の世界にはもう戻れない。だが、それでいい。ここで、愛する人と共に歩むことに決めたのは自分だ。

文庫本の過去はなぜか読めなくなっていた。そして先の物語は相変わらず真っ白だ。ここから新たにはじめなさいという教示なのかもしれない。

「……その前に、きちんと歩けるかわかりません」

冗談ではなく、紫苑はぎこちない動きで、腰のあたりをさする。

「すまなかった。初夜の前に、愛しすぎてしまったな」

その言葉に、紫苑はまた目を丸くする。側に控えているヨハンはほんのり顔を赤くしていた。

「初夜！」

ちょっと待てよ。あれほど愛し合ったというのに、まだ先があるということなのか。さすがに、昨日の今日で、自分の身体が保《も》つとは思えない。助け舟を求めるものの、ヨハンはこういうときはだんまりである。

「あの……っ」

慌てて口を挟もうとしたのだが、

「もちろん、手加減はしよう。おまえの愛し方も、何も一通りだけではない」

ジェラルドはそう言い、紫苑の言葉を封じ込めてしまう。そういうところがずるいな、と紫苑は思った。

「愛してくれるのは嬉しいです。でも、俺にもちゃんと、愛させてください」

いつでも愛してくれるこの人が愛しい。だからこそ、それ以上に愛したいと思う。

「それは、素晴らしい申し出だ。いくらでも受けて立とうか」

そう言い、愛しい花婿は最高の笑顔を見せて、花嫁の唇と誓いを交わした。

あとがき

初めまして又はこんにちは。著者の森崎結月《もりさきゆづき》です。この度は「優しい獣と運命の花嫁」をお手にとっていただき、誠にありがとうございます。幻冬舎コミックス様（リンクスロマンス）から出させていただく三冊目の本がようやくこうしてお目見えになり、とっても喜んでおります。

今回は、「異世界トリップ」をテーマにし、「不思議な能力」を持つがために苦悩を強いられていた「花嫁」の異世界奮闘記……を書きたく、プロットの段階から、担当さんに色々ご相談させていただきました。前作のあと割とすぐに取り掛かっていたので、本当はもっと早くに発表したかったのですが、私があれこれバタバタしている間にあっというまに長い月日が経過してしまいました（滝汗）。私自身がどこかにトリップしたのでは……と思います。

本題ですが、今回の受くん、紫苑《しおん》くんには大変共感することが多く、執筆を重ねるにつれ、自分自身も何かひとつ試練を乗り越えたような気持ちになりまして……感慨深いです。また優しい獣な王様もほんとうに大好きな人物像で、こういう人こそが王様でいてくれて、そして花嫁を愛してくれたら、本当に幸せでいうことないよ！　と思いながら、二人を見

あとがき

守る目で最後まで綴らせていただきました。途中、ああでもないこうでもないと考え込んでしまって一時的なスランプにも陥ったということもあり、難産を乗り越えた今、自分にとって愛おしい作品の一つとなりましたし、本当に今は嬉しいという気持ちしかないです。

原稿が完成するまで、こんな未熟ものの私のためにずっと待っててくださった担当様、編集部をはじめ、今回出版するにあたってお世話になりました関係者の皆様、そしてイラストを担当してくださった篁《たかむら》ふみ先生、本当にありがとうございました！　カバーイラストを拝見させていただきましたが、とてもキュンとしました。素敵です……！　完成したカバーを見られるのもすごく楽しみにしております。そして今、こうして形にして読者の皆さんにお届けできる運びとなり、本当に有り難く感じております。

そしてそしてお手にとってくださった目の前の読者の皆様、あとがきまで読んでいただき、本当にありがとうございました！　もしよろしければ、書店さんでの購入と電子書店さんでの購入とで、特典でそれぞれ別の番外編のお話がついてくる予定です。そちらのSSにつきましても、ぜひお付き合いいただけると嬉しいです。

この度は、誠にありがとうございました。また近い日に新しい物語でお会いできる日を楽しみにしております。皆様、ご自愛のうえお過ごしくださいませ。それではまた！　著者の森崎結月でした。

愛を言祝ぐ神主と大神様の契り

あいをことほぐかんぬしとおおかみさまのちぎり

真式マキ

イラスト：兼守美行

本体価格 870 円+税

神社の息子ながら、神などの非科学的で曖昧な存在を信じず数式で示せるはっきりしたものを愛してきた九条春日は、父の命により神職のいない田舎町で新しい神主として暮らすことになった。これから自分が管理することになる神社を見回っていると、境内には真っ白な装束を身に纏った美しい青年の姿があった。彼は自分を狛犬のように対に祀られた狼の片割れ・ハクだと名乗る。神の眷属である大神様・ハクによって、清らかで静謐な空気に満ちた異世界のような場所にある神社へと導かれた春日。二人はその異空間で逢瀬を重ねることになるが…？

リンクスロマンス大好評発売中

子育て男子はキラキラ王子に愛される

こそだてだんしはきらきらおうじにあいされる

藤崎 都

イラスト：円之屋穂積

本体価格 870 円+税

営業マンの巽恭平は、亡き姉の一人息子で幼稚園児の涼太と二人暮らし。日々子育てと仕事に追われる中、密かな楽しみはメディアでも騒がれるほどのパーフェクトなイケメン広報・九条祐仁のストーキングをすることだ。がたいがよく強面な自分の恋が叶うはずがない、遠くから見ているだけでいい——そう思っていたけれど、ある日ひょんなことから巽がストーカーをしていることが九条にバレてしまう！　ところが九条は平気な様子で、むしろ「長年のしつこいストーカーを追い払うため」と称して巽に偽装恋人になってくれと言ってきて…!?

掌の花
宮緒 葵

鏡コノエ
翠眼の恋人と祝祭のファントム

スカーレット・ナイン

水壬楓子
イラスト：亜樹良のりかず

本体価格 870 円+税

独立四百年を翌年に控えるスペンサー王国には、スカーレットと呼ばれる王室護衛官組織が存在する。王族からの信頼も篤く、国民からの人気も高い護衛官たちの中でもトップに立つ九名は“スカーレット・ナイン”と呼ばれ、ナインに選ばれた者は、騎士として貴族の位を与えられてきた。そんなナインの補佐官を務める、愛想はないが仕事は的確にこなすクールな護衛官・緋流は、ある日突然、軍隊仕込みの新入り射撃の名手・キースとバディを組まされることになる。砕けた雰囲気のキースに初対面で口説かれ、ペースを乱されてばかりの緋流だったが…?

リンクスロマンス大好評発売中

約束の番《やくそくのつがい》 魂の絆《たましいのきずな》 ーオメガバースー

飯田実樹
イラスト：円之屋穂積

本体価格 870 円+税

遠い昔、ヴォートとエルヴァという二つの種族が憎み合い、衝突し、大きな争いを生んだ。戦火の広がりは止まらず世界はすべてを失った。荒廃した世界から千二百年、その世界には男女とは別に、α・β・Ωという第二の性が存在していた。種による差別から、αに貶められてきたΩたちは、安息の地を求め【アネイシス王国】という世界唯一のΩの王が統べる国をつくる。アネイシスの王子であるカナタは、Ωの王子として多くの仲間を救いたいとαが統べる敵国へ諜報員として潜入することになった。しかし、カナタはその国で、理性を凌駕し強く惹かれるαの青年・ユリウスと出会ってしまい——?

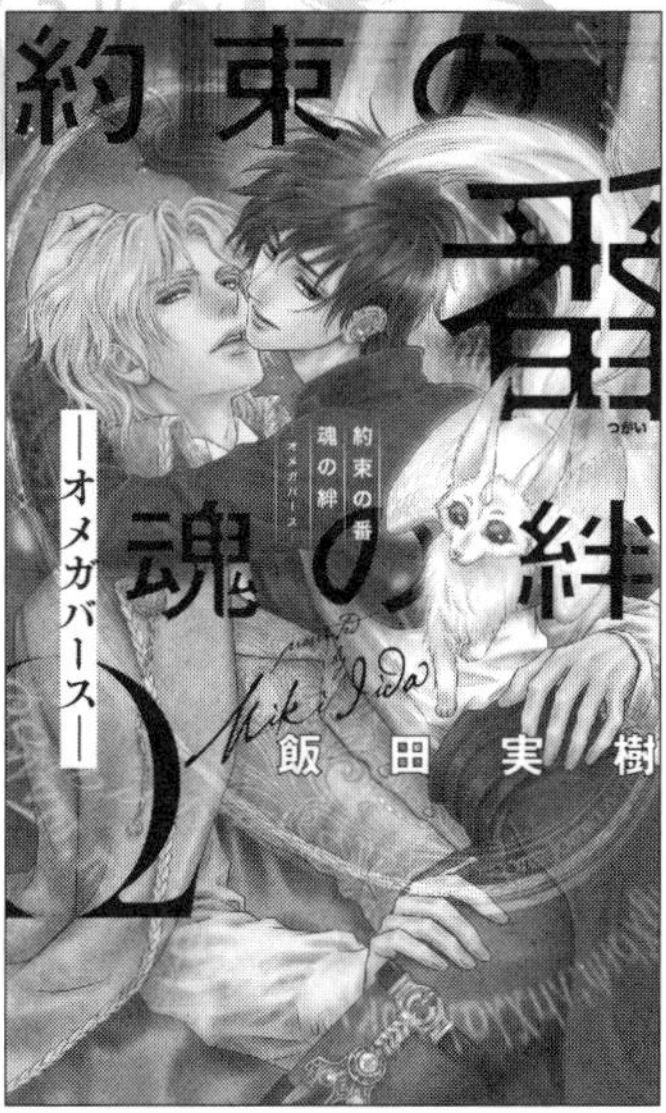

LYNX ROMANCE イラストレーター募集

リンクスロマンスでは、イラストレーターを随時募集いたします。

リンクスロマンスから任意の作品を選び、作品に合わせた
模写ではないオリジナルのイラスト（下記各1点以上）を描いてご応募ください。
モノクロイラストは、新書の挿絵箇所以外でも構いませんので、
好きなシーンを選んで描いてください。

1 表紙用カラーイラスト

2 モノクロイラスト（人物全身・背景の入ったもの）

3 モノクロイラスト（人物アップ）

4 モノクロイラスト（キス・Hシーン）

募集要項

＜応募資格＞

年齢・性別・プロ・アマ問いません。

＜原稿のサイズおよび形式＞

◆Ａ４またはＢ４サイズの市販の原稿用紙を使用してください。
◆データ原稿の場合は、Photoshop（Ver.5.0 以降）形式でＣＤ－Ｒに保存し、
出力見本をつけてご応募ください。

＜応募上の注意＞

◆応募イラストの元としたリンクスロマンスのタイトル、
あなたの住所、氏名、ペンネーム、年齢、電話番号、メールアドレス、
投稿歴、受賞歴を記載した紙を添付してください（書式自由）。
◆作品返却を希望する場合は、応募封筒の表に「返却希望」と明記し、
返却希望先の住所・氏名を記入して
返送分の切手を貼った返信用封筒を同封してください。

＜採用のお知らせ＞

◆採用の場合のみ、６カ月以内に編集部よりご連絡いたします。
◆選考に関するお電話やメールでのお問い合わせはご遠慮ください。

宛先

〒151-0051 東京都渋谷区千駄ヶ谷４−９−７
株式会社　幻冬舎コミックス
「リンクスロマンス　イラストレーター募集」係

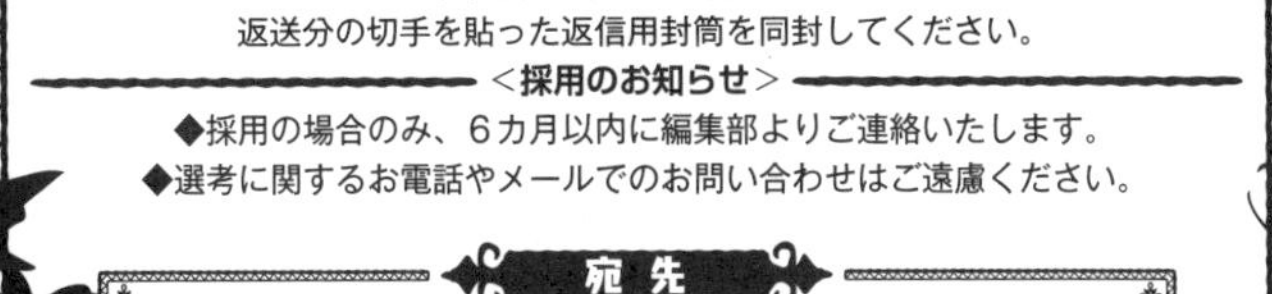

この本を読んでの
ご意見・ご感想を
お寄せ下さい。

〒151-0051
東京都渋谷区千駄ヶ谷4-9-7
(株)幻冬舎コミックス　リンクス編集部
「森《もり》崎《さき》結《ゆ》月《づき》先生」係／「篁《たかむら》 ふみ先生」係

リンクス ロマンス

優しい獣と運命の花嫁

2019年11月30日　第1刷発行

著者……………森《もり》崎《さき》結《ゆ》月《づき》
発行人…………石原正康
発行元…………株式会社　幻冬舎コミックス
〒151-0051　東京都渋谷区千駄ヶ谷4-9-7
TEL 03-5411-6431（編集）
発売元…………株式会社　幻冬舎
〒151-0051　東京都渋谷区千駄ヶ谷4-9-7
TEL 03-5411-6222（営業）
振替00120-8-767643
印刷・製本所…株式会社　光邦
検印廃止

ISBN978-4-344-84568-8 C0293
Printed in Japan

幻冬舎コミックスホームページ　http://www.gentosha-comics.net